FOLIO SCIENCE-FICTION

Karoline Georges

DE SYNTHÈSE

Gallimard

© *Karoline Georges et Éditions Alto, 2017.*

Publication réalisée par l'intermédiaire de L'Autre Agence.

Après des études de cinéma et d'histoire de l'art, Karoline Georges amorce une démarche artistique multidisciplinaire où se côtoient la vidéo, l'art audio, la photographie, la littérature et, plus récemment, la modélisation 3D. Elle est l'auteure de sept livres, dont *Sous béton* (Éditions Alto), finaliste au prix des libraires du Québec 2012, et *De synthèse* (Éditions Alto), qui a reçu le prix littéraire du Gouverneur général, le prix Jacques Brossard de la science-fiction et du fantastique québécois, le prix Arlette Cousture et le prix Aurora Boréal. Elle a reçu en 2012 le prix à la création artistique du Conseil des arts et des lettres du Québec.

À toi, maman

Je suis née entre la publication de *L'origine des espèces* de Darwin et le moment où *Voyager 1* quitte le système solaire, dessinant au passage, dans l'espace-temps, la flèche de l'évolution.

J'ai pris mon premier respir dans une bulle qui enfle en accéléré depuis la fin du dix-neuvième siècle, un maelström électrique bourdonnant de circuits intégrés, de machines et de matières transformées, de bidules à tout faire, une soufflure d'informations, de transmissions, une hypertrophie en forme de champignon, semblable au corps de fumée de la Tsar Bomba quelques secondes après son explosion. Dans l'image de la plus grande détonation de l'histoire du nucléaire, il y a tout le vingtième siècle qui s'élève jusqu'à la lune, puis qui dérape par-delà la Voie lactée, son œil ouvert sur l'origine de l'Univers.

L'époque qui m'a vue naître ressemble à un œil-champignon qui tente de dilater le champ de sa perception pour embrasser à la fois le macrocosme et le microcosme et pour ensuite tout régurgiter par la bouche des médias devant laquelle j'ai été statufiée une bonne partie de mon existence, installée en tailleur, dans la même position depuis l'enfance, à taper des mains devant les dessins animés ou à les joindre contre ma bouche ouverte sur un grand silence, pendant l'effondrement du World Trade Center.

Or, parmi les découvertes, technologies électroniques et autres miracles scientifiques à tout bouleverser depuis deux siècles, c'est avec un masque et une paire de gants que je détermine maintenant l'horizon de mon évolution. Depuis près d'une décennie, je me retrouve chaque jour en réalité virtuelle, face à face avec mon double de pixels, à tenter de prendre corps à travers elle.

J'y étais presque.

Et puis ma mère a commencé à se décomposer.

DE LA RÉALITÉ

Autour de moi, il n'y a aucun meuble ni objet. Qu'une centaine de plantes vertes, alignées contre les murs qui délimitent mon atelier. Au bout de la pièce, un mur de verre révèle l'horizon, direction ouest. Des milliers de cubes d'habitation s'étendent, à perte de vue.

Entre le mur de verre et moi, il y a ma mère.

Elle me tourne le dos. Ça me va.

Je ne pensais jamais partager à nouveau mon intimité avec elle.

Je sais bien que nous avons été isolées ensemble, à ma naissance. Nous avons dû passer quelque temps à ne rien attendre, à ne rien faire d'autre que de nous découvrir avec candeur, sans appréhension aucune. J'ai dû l'observer par-delà le biberon de lait artificiel qu'elle tenait en équilibre entre nos deux visages. Elle a certainement murmuré à mon oreille tout l'amour qu'une mère exprime à son nouveau-né. Et j'ai dû l'adorer avec l'exclusivité absolue du tout premier amour.

Ça explique peut-être pourquoi je n'ai pas réussi à l'abandonner.

Du moins, pas complètement.

*

Aujourd'hui, il neige. Du centre de mon atelier où je suis installée, je ne vois plus qu'une surface blanche à l'extérieur, pleine de bruit, comme l'écran de la télévision à la fin des émissions, il y a un demi-siècle.

Je ne regarde jamais dehors, mais la présence de ma mère m'oblige à lever les yeux de manière automatique, et répétitive, comme si mes sens percevaient un insecte menaçant à proximité.

Longtemps pendant mon enfance, quand j'étais plantée devant la télévision, ma mère pouvait s'approcher sans que je détecte sa présence. Elle devait alors répéter mon nom trois ou quatre fois avec impatience avant que je revienne à ce qu'elle nommait « la réalité ».

*

Chaque jour, je désinfecte mon masque et mes gants de travail. Je dis *gants* par habitude, mais ça ressemble davantage à des ventouses, très fines, installées sur le bout de mes doigts. Le masque, tout aussi délicat, recouvre la zone visuelle à la manière d'une monture de verres, s'accrochant derrière les oreilles, à la différence près que les deux branches relaient la dimension sonore. Le tout pèse moins de trois grammes. Je pourrais utiliser des lentilles de connexion pour libérer mon visage complètement ; j'essaie régulièrement les nouveaux modèles sur le marché, mais je suis incapable de tolérer le moindre corps étranger sur ma cornée.

Chaque jour, j'hydrate mon visage et mes mains ; je m'étire. J'avale une barre de protéines avec un demi-litre d'eau. Je m'assure que le sol de l'atelier est propre ; j'y installe mon tapis de déplacement. J'enfile le masque et les gants.

Puis je traverse.

J'entre en réalité virtuelle et je retrouve Anouk, mon avatar composé de *meshes* et d'un patchwork de textures photographiques en résolution 16K, qui se tient toujours là, devant moi. Sa peau semble plus réelle que la mienne. Son regard plus lumineux. Sa respiration est toujours égale. Profonde. En position de repos, elle déplace son centre de gravité d'un pied à l'autre, avec un léger mouvement du bassin. Elle hoche la tête, cligne des yeux, noue ses mains devant son ventre. Puis, dans un geste lent et gracieux, elle ramène les bras le long de son corps en s'élevant quelques secondes sur la pointe des pieds. Et l'animation recommence, inéluctablement. Souvent, dès qu'elle apparaît dans mon champ de vision, l'envie de modifier son visage ou son corps détermine mon axe de recherches.

Aujourd'hui, j'ai beaucoup à faire pour achever l'installation de ma mère dans mon appartement.

Mais je dois d'abord me réinitialiser.

Je vais créer une mise en situation minimaliste, déshabiller Anouk, conserver sa peau actuelle, ses yeux, et même le tatouage qui recouvre ses omoplates depuis une semaine – un capteur de rêves dont la plus longue plume descend jusqu'à la naissance de ses fesses. Je vais remplacer sa tignasse noire par un chignon classique, peut-être couleur argentée. L'installer dans un environnement blanc, avec une seule source de lumière, radiante. Quelque chose de simple. Pour tenter de retrouver mon calme.

Je vais réduire à zéro tous les modificateurs de traits d'humeur de son visage. Le purifier de toute émotion. Jusqu'à ce que les miennes disparaissent aussi.

Ces dernières semaines, j'ai passé trop de temps hors ligne, loin de l'éther numérique; je commençais à suffoquer.

Je dois redevenir image, au plus vite.

Je suis devenue une image de femme avant d'atteindre la puberté. À treize ans, je rêvais depuis déjà longtemps d'apparaître sur papier glacé.

Chaque semaine, je montais l'escalier qui menait à l'appartement de mes grands-parents avec la vélocité d'un guépard pour aller découvrir les nouveaux numéros du *Magazine illustré* et du *Lundi* que ma grand-mère déposait au centre de sa cuisine, sous son lustre de cristal, sur sa table antique recouverte d'une nappe de dentelle italienne. Il n'y avait aucun livre chez mes aïeux. Que les magazines de fesses de mon grand-père. Qui affichait son amour pour les pin-up avec un mélange de fierté et d'espièglerie et qui prenait plaisir à me faire découvrir sa flamme du moment, bien en vue dans son calendrier Snap-on accroché au mur de la cuisine, à côté du buffet, telle une œuvre d'art en renouvellement constant. Les ingénues blondes semblaient se transformer en brunes pulpeuses qui s'illuminaient le mois suivant en rouquines coquines pour retrouver ensuite leur blondeur souvent platine. Chaque mois, mon grand-père commentait la nouvelle recrue : regarde cette courbe-là, c'est de la vraie poésie, tu ne verras jamais dans la rue une chute de reins aussi précise, déjà les lèvres de cette belle poupée pourraient suffire en gros plan, mais avec la délicatesse de ses aréoles pour compléter son portrait, on atteint le sommet de l'art. Et ma grand-mère éclatait d'un grand rire amusé alors que ma mère semblait chaque fois résignée et peut-être même un peu honteuse.

Ma grand-mère raffolait des potins de stars, dont elle ne connaissait rien, ni l'œuvre ni le talent, que leur présence dans les magazines. Elle n'écoutait ni la télévision ni la radio, elle ne savait rien du cinéma, mais elle découvrait les vedettes en lisant des entrevues éclair. Elle était aussi abonnée à *Nous deux*, un étrange magazine avec des romans-photos qui racontaient de très courtes histoires sentimentales soporifiques incarnées par des actrices italiennes qui auraient pu se retrouver dans les calendriers de mon grand-père tellement elles se ressemblaient toutes. La fascination de mon grand-père pour ses pin-up et celle de ma grand-mère pour les stars de Hollywood forment la base du legs de ma culture familiale. J'ai appris très tôt la valeur sacrée des images de la féminité.

Les femmes les plus célèbres du monde étaient toutes immobiles entre les pages des magazines. Ou divines à l'écran. Ou encadrées pour l'éternité dans les musées, j'allais le découvrir un peu plus tard.

Moi, je suis devenue une image sans m'en rendre compte.

Nous étions au milieu des années quatre-vingt, en pleine ère du spectaculaire, de la *material girl*, de la mode pour absolu. Il y a eu ce concours de mannequins, à l'école secondaire. Le grand prix consistait à se retrouver sur une affiche de Vrai Coton, une chaîne de boutiques dont tout le monde parlait au pays, une multinationale qui ne vendait que des t-shirts, des camisoles et des leggings, aux couleurs fluo du jour.

Je n'aurais jamais participé à ce genre de concours. J'étais timide, presque muette, et je passais mes journées à trouver des stratégies pour ne susciter ni moqueries ni jalousie, ni rien. J'avais deux amies, tout aussi silencieuses, avec qui j'observais ceux et celles qui savaient se faire remarquer. Nous nous tenions à distance des attroupements nerveux, où filles et garçons se défiaient dans une suite d'échanges narquois, arrogants, ponctués de cascades de fous rires bruyants et de provocations humoristiques qui frôlaient l'intimidation.

J'étais invisible. La proximité des autres m'indisposait ; je ne savais pas interagir, je n'avais pas de repartie. Je ne savais qu'observer. Entendre sans bouger. Idéalement installée devant un écran de télévision. Mais je savais me fondre dans la masse pour y disparaître. Et comme je me repliais un peu sur moi-même pour éviter d'être vue, on pouvait difficilement remarquer que j'étais plus grande que la moyenne, et plus mince, aussi.

C'est pour me fondre dans la masse que je me suis inscrite au concours, pour faire exactement comme toutes les autres filles. De la même manière que je m'acharnais chaque matin à faire monter ma tignasse crêpée sous un nuage de fixatif, puis à m'asperger le corps entier de similiparfum Impulse. Alors j'ai suivi la vague et je me suis retrouvée sans enthousiasme sous les projecteurs de la salle de spectacle de l'école secondaire.

Plus tard, j'ai su que mon expression faciale d'une neutralité absolue avait charmé le jury. Comme j'évitais tous les regards, je semblais ailleurs, sans véritable personnalité. J'avais un visage qui pouvait prendre toutes les couleurs sans imposer les siennes. Et, à force de fixer l'écran de la télévision sans bouger, la mâchoire détendue et le regard grand ouvert en mode hypnotique, j'avais atteint une qualité de présence quasi minérale. Je n'étais déjà plus tout à fait vivante ; je ressemblais à une image statique qui glissait sans bruit sur la passerelle.

*

Je voulais être une image bien avant de comprendre que j'allais devoir choisir un métier et peut-être même étudier pour l'apprendre.

Être née deux cents ans plus tôt, j'aurais su dès l'enfance ce que je devais devenir, ma grand-mère me le répétait souvent. J'aurais appris à cultiver la terre de mes ancêtres, à entretenir une maison, à jouer à la poupée pour déjà tenir entre mes mains plus petit que moi. Être née princesse, j'aurais certainement imité la reine, à tourner en rond jusqu'à l'épuisement avec une couronne sur la tête, isolée dans la forteresse imprenable de mon futur royaume.

Mais je suis née en banlieue, dans une ville-dortoir. J'ai grandi dans un bungalow avec une gamme complète d'électroménager. Et ma mère restait là, assise à la fenêtre sous le vacarme du lave-vaisselle, à observer l'horizon de bungalows identiques, en fumant une cigarette. Elle était presque aussi statique que les images de femmes dans les magazines de ma grand-mère, mais sans maquillage ni coiffure, et sans vêtements griffés. Elle s'activait forcément à un moment de la journée, pendant mes heures de classe, ou peut-être la nuit; je n'ai jamais su. Or, en fin d'après-midi, à mon retour de l'école, elle était déjà à la fenêtre, à fumer, en silence. Et, plus tard en soirée, elle descendait au salon dans le sous-sol, s'installait sur le canapé devant la télévision, avec un verre de vin, et parfois un livre, sans plus bouger. L'été, quand elle était enceinte, elle sortait sur le perron pour prendre l'air; nous allions faire le tour du bloc, elle en fumant une cigarette et moi en mangeant un Mr. Freeze. Puis elle faisait une fausse couche et elle retournait au salon, avec son verre de vin.

Ma mère a été enceinte toute ma jeunesse.

Son ventre gonflait pendant trois ou quatre mois, puis elle pleurait toute une semaine. Je l'entendais murmurer à mon père qu'elle ne comprenait pas pourquoi. Et mon père avalait un grand verre de gin.

J'aurais pu avoir neuf frères et sœurs. Peut-être plus.

J'ai plutôt eu des poupées de la même grandeur que moi, que j'installais au salon, face à l'écran. Je pensais que ça consolait ma mère. Qu'au milieu de notre assemblée elle allait se sentir comblée. Mais rien ne pouvait venir à bout de sa tristesse, qui la rendait léthargique, avec un regard presque aussi fixe que celui de mes poupées.

S'il n'y avait pas eu la télévision trônant dans le salon avec sa suite ininterrompue d'émissions et de films qui créait l'impression d'une activité permanente dans le bungalow et devant laquelle je m'immobilisais le plus souvent possible, j'aurais pu croire que j'avais déjà rejoint la sphère de l'image.

*

J'ai passé l'essentiel de mon existence à observer des images. Ou à en créer dans ma tête, par la lecture de romans. Avant d'entrer à la maternelle, je passais mes journées à visionner en rafale des dessins animés japonais, dont *Le petit prince orphelin*, l'histoire de Hutchi, l'abeille qui me racontait déjà la solitude que j'allais embrasser quelques années plus tard, et surtout l'effrayante absence de la figure maternelle, la sienne disparue quelque part dans l'étendue d'une nature hostile, la mienne terrassée par le poids de la mort dans son ventre.

Je me souviens avoir survolé des marais infestés de créatures maléfiques avec Hutchi. J'ai plongé sous des nénuphars avec lui. Dormi enveloppée dans le cœur d'une tulipe. Dansé avec des papillons. Affronté des monstres aux pinces géantes en pleurant et hurlant de terreur. Mais je sais aussi que je séchais mes larmes quelques minutes plus tard avec des superhéros américains, capables de sauver la Terre entre deux annonces publicitaires, ou avec toute la bande de Bugs Bunny, dont la désinvolture et l'espièglerie n'avaient d'égal que sa suffisance tranquille. J'aimais m'allonger ensuite au sol pour feuilleter les collections d'albums illustrés de mon père, dont une rangée complète de la bibliothèque était consacrée à l'histoire des atrocités militaires, et une autre à la mafia et à la peine de mort. Avant d'apprendre à lire, j'ai passé de longs moments à examiner des photographies de guillotines, de potences de pendaison et autres instruments ou techniques de torture du Moyen Âge, comme le supplice de l'estrapade et l'écraseur de tête, instruments qui figuraient aussi parmi les plans machiavéliques de Wile E. Coyote dans ses efforts pour capturer le Road Runner. J'alternais entre les aventures d'Astérix le Gaulois, celles d'Atomas la fourmi atomique et les photographies de charniers de la Deuxième Guerre mondiale.

Je découvrais le fabuleux et l'effroyable. Fiction et réalité, entremêlées.

Or, toutes mes angoisses étaient dissipées par le jeu des lueurs vives à l'écran. Dans la suite infinie de dessins animés qui défilaient, je percevais un grand pied de nez à la réalité ; la mort n'était jamais qu'un point d'arrêt de quelques secondes avant que mes idoles se gonflent derechef d'énergie pour reprendre leurs poursuites et déclencher de nouveaux fous rires.

Pendant des années, j'ai eu besoin de revenir, de plus en plus souvent, à cette infinie rigolade qui s'opposait à tout ce que je devais comprendre du monde hors de l'image.

*

Mes premiers désirs étaient tous liés à la fiction. J'aurais voulu traverser l'écran de la télévision pour aller rejoindre Fanfreluche, la poupée qui savait entrer de tout son corps dans la matière littéraire. La suivre dans ses grands livres où elle s'engouffrait pour aller changer le cours des histoires qu'elle lisait.

J'avais déjà le désir d'être téléportée, de changer de peau, de corps. Être multiple, mutable. Avoir des ailes ou des membres robotiques. Découvrir mes facultés surnaturelles ou mes origines extraterrestres. Voyager dans le temps.

À force de contempler des images en mouvement, à force de ne contempler que cela, j'ai perdu très tôt le goût de la réalité.

Avant d'entrer à la maternelle, j'ai commencé à faire des cauchemars de science-fiction où je volais assise sur un bâton comme Minifée, mais sans réussir à maîtriser mes mouvements. Pendant ce qui me semblait des heures, je tentais de maintenir mon corps à deux ou trois mètres du sol ou de m'élever plus haut, de me déplacer à l'horizontale, d'éviter les bâtiments, les arbres, mais j'étais toujours aspirée par le sol, qui menaçait de m'engloutir. Je ne parvenais pas à me libérer et je m'éveillais en sueur, éreintée par les manœuvres. Le souvenir de ces séances de vol m'habite encore ; il n'y a pas de distinction entre la mémoire de mes rêves et celle des événements du quotidien. J'ai vraiment fait l'expérience du vol comme je sais nager dans la mer. En fait, j'ai volé plus souvent que j'ai nagé.

Et je m'en souviens mieux.

*

Enfant, je ne voulais pas accepter la distinction entre le vrai et le simulacre. Ce qui se passait à l'écran ou entre les lignes d'un roman avait plus de valeur pour moi que la réalité. Ce que j'éprouvais en lisant et en regardant la télévision – la fascination, le plaisir, la curiosité, la stupéfaction – s'avérait d'une intensité incontestable. Mais j'ai compris très tôt – trop tôt, peut-être – que j'étais du mauvais côté de l'écran.

J'ai passé tous les étés de mon enfance enfermée dans ma chambre au sous-sol, les rideaux tirés, à traverser deux ou trois romans par jour. Mes souvenirs d'alors sont contenus dans l'espace d'une chambre à coucher de neuf mètres carrés et d'un salon d'un peu plus de onze mètres carrés. C'est là que mon père buvait ses *rhum and coke* en écoutant les succès des *sixties*, entouré de sa collection d'armes à feu qu'il astiquait une seule fois par année et qui prenait la poussière le reste du temps tandis qu'il ronflait sur les détonations continues de documentaires sur l'histoire des guerres. Ma mère s'installait à la cuisine pour lire Michel Tremblay et Danielle Steel, avec ses du Maurier et du vin italien. Nous nous isolions chacun dans notre cocon de mots, d'images ou de musique.

Au milieu de l'après-midi, les jours où mon père travaillait, j'ouvrais la porte de ma chambre et je me déplaçais de trois mètres pour m'installer devant la télévision, ma source de lumière quotidienne. Je sortais en début de soirée pour me rendre à la petite bibliothèque municipale, trouver d'autres univers à sillonner. De la science-fiction surtout. Ou du fantastique. De la vraie de vraie fiction, la plus pure ; la plus puissante. Je retournais dans ma chambre, j'ouvrais les rideaux sur un coin de lune et je replongeais dans un livre.

Je suis très vite passée des histoires de petites filles modèles malheureuses de la Comtesse de Ségur à la collection « Le masque fantastique » et aux livres du Fleuve noir, où je suis entrée en contact avec d'innombrables entités monstrueuses. Je ne connaissais rien à la littérature, pas même le mot, dont j'ai dû apprendre la signification quelques années plus tard dans un cours de français au secondaire. Je ne savais pas la valeur des écrits que je choisissais au hasard à la bibliothèque, mais j'étais viscéralement curieuse. Le plus étrange, le moins réaliste, le plus vorace j'étais. J'aimais déjà vivre en travers de réalités parallèles, à demi incarnée dans plusieurs rêves éveillés à la fois. Je plongeais dans l'univers gothique de Dracula le matin pour me projeter la nuit venue dans le futur, quelque part par-delà la six cent douzième galaxie d'un roman de Caroff.

J'ai appris en venant au monde à me faire témoin de fictions qui se déroulaient de l'autre côté d'une fenêtre devant laquelle je m'agenouillais avec la même dévotion qu'une religieuse devant l'autel. J'ai passé bien plus de temps à étudier l'évolution de personnages de fiction qu'à observer mes parents. Ma présence au monde a toujours été tournée vers l'extérieur. Vers l'Autre. Cet être en couleurs chatoyantes à la télévision, ce narrateur qui me racontait ses aventures par un agencement de mots mille fois plus riche que les quelques monosyllabes de joual prononcées autour de moi à la maison.

Très tôt, j'ai compris que la vraie vie se jouait là, à l'écran. Ou entre les pages d'un livre. Le reste était une corvée à vite expédier pour fréquenter le plus souvent possible des univers improbables captés par une antenne ou imprimés sur du papier.

*

Avant que ma mère finisse par m'expliquer, j'ai longtemps pensé que ce que je voyais à l'écran se déroulait vraiment, quelque part, en direct. Que la télévision était une forme de webcam avant l'heure.

Après, avec quelque chose comme de la suspicion, j'ai fait la part des choses entre les personnages de fiction et les célébrités glorieuses du star system. J'ai vu leurs châteaux dans les magazines, j'ai commencé à suivre les cérémonies de prix et les défilés sur tapis rouge, à mémoriser qui était fiancé à qui venait de divorcer de qui était un célibataire endurci. Or, ce qui m'a d'abord fascinée, ce n'était ni la gloire ni la richesse des célébrités, mais plutôt les personnages de fiction qu'elles incarnaient. Ces êtres humains qui avaient peut-être habité en banlieue, comme moi, statufiés eux aussi devant leur télévision, avaient été choisis pour devenir des créatures éternelles à l'écran. Le prestige absolu consistait donc à exister là, de l'autre côté du verre chaud sur lequel je posais souvent mes mains pour tenter de toucher mes idoles.

Et c'était ça, mon premier choix de carrière.

Personnage de fiction, avec un corps de lumière à l'écran.

DE LA STUPEUR

Un lundi de l'automne dernier, autour de midi, je reçois un appel de mon père. Je saisis l'urgence aussitôt qu'il me nomme, avec une interrogation trop aiguë. Il veut savoir si je suis bien moi. Immédiatement, mon rythme cardiaque s'affole. Tandis qu'il parle, j'observe Anouk, statufiée dans une pose qui rappelle celle de *L'extase de sainte Thérèse*. La lumière rase délicatement les plis de la robe de bure qui dissimule son corps et une partie de sa tête. Je laisse en suspens le deuxième projecteur que j'allais déplacer pour mieux révéler l'expression mystique de son visage. Je n'entends presque rien. Mais ça importe peu. Mon père ne sait pas comment dire. Il pleure. Il balbutie que ma mère est à l'urgence.

Depuis ma dernière visite à la maison de mes parents, il y a plus de deux décennies, je n'avais jamais reparlé à mon père.

Notre ultime face-à-face avait été bref. Brutal.

Je venais à peine d'arriver à la maison, j'étais encore dans le vestibule, avec mon manteau et mes bottes, déjà incommodée par le nuage de fumée de cigarette qui stagnait dans la maison depuis toujours. J'avais eu le temps de comprendre au regard huileux de mon père qu'il était saoul, avant l'heure du dîner. Ma mère ne s'était pas encore levée de sa chaise pour venir me saluer. La crise avait immédiatement explosé.

Une semaine avant, le journal local avait présenté un portrait de moi, détaillant mes activités en Europe, et surtout ma participation à une photographie de groupe, un nu collectif, pour sensibiliser à la cause animale. Nous étions une trentaine de modèles rassemblés sur fond blanc, avec éclairage doux, sans maquillage, toutes debout, sans vraiment poser. La photographie était sobre ; mon père était tout de même humilié. Que le corps de sa fille soit offert au regard collectif l'embarrassait au plus haut point. Il ne faisait aucune différence entre les photographies pornographiques du magazine *Hustler* et celles, stylisées, sans aucune gestuelle érotique, publiées dans les plus grands magazines de mode. J'étais nue dans son journal local, et les pastilles masquant mes aréoles ajoutaient à l'insulte. Mon père avait hurlé sa colère en me fixant avec mépris, puis il avait chiffonné le journal en boule avant de le lancer à mes pieds. Et là, dans son élan, il avait craché au sol de la cuisine et m'avait affirmé d'une voix grave : tu me dégoûtes. Puis, il était parti dans sa chambre d'un pas lourd. Ma mère n'avait pas bougé, rien répliqué ; elle regardait le napperon de plastique entre ses mains, en grattant des ongles de sa main droite le dos de celle de gauche. J'étais tellement sidérée que je n'avais pas su quoi répondre. Je n'avais pas eu la force de me défendre ou d'expliquer quoi que ce soit.

J'étais partie.

Mon père ne s'était jamais excusé ; peut-être avait-il oublié sa crise aussitôt : il avait trop bu. Peut-être avait-il toujours pensé que je méritais son mépris. Ma mère n'a jamais reparlé de l'incident non plus. Pendant deux décennies, j'ai opté pour le silence, moi aussi. Silence autour de l'incident. Ou de mon quotidien. Ou de ce que je pensais à propos de quoi que ce soit. Je suis devenue encore plus superficielle que la plus commerciale des images publicitaires.

Alors, le jour de l'hospitalisation de ma mère, quand j'entends la voix de mon père, avant même de saisir l'urgence de la situation, je reprends le fil de notre relation exactement là où nous l'avions laissée : je suis muette, pétrifiée. Incapable de réfléchir, de réagir. J'ai peur de lui. Peur du moindre de ses mots.

Et pourtant j'ouvre grand l'oreille et j'écoute.

*

Après l'appel de mon père, je mets un moment avant de retrouver mon souffle. Je libère Anouk de sa pose extatique et je lui retire sa robe, sans achever mon image. Elle se tient là, nue, à se dandiner de manière insouciante, les yeux encore fermés, la bouche ouverte. Sa peau, recouverte d'une texture marbrée, ressemble maintenant à celle d'un ange funéraire ornant une sépulture. Je suis tellement désorientée que je ne parviens pas à réinitialiser son visage pour retrouver son regard clair.

J'ai souvent pensé que j'allais mourir comme ça, sur place, tous mes organes stoppés net dans leur routine par une décharge de peur. Il y a des mots précis aujourd'hui pour nommer la chose. Anxiété généralisée ; crise de panique. Enfant, je m'écrasais au sol les mains entre les cuisses, la tête aux genoux. Avec, toujours, l'impression d'un cataclysme à venir.

À l'époque, je ne savais rien des changements climatiques, du terrorisme, de l'extinction accélérée des espèces ou de l'épuisement des ressources. Il n'était pas encore question d'extraterrestres et de la pertinence ou du danger de faire connaître notre présence dans l'Univers ; la communauté scientifique était alors catégorique : les ovnis étaient des hallucinations de hippies hurluberlus qui avaient avalé trop de LSD depuis Woodstock, une décennie plus tôt. Je ne savais rien non plus des maladies incurables ; j'allais entendre parler du cancer pour la première fois au tournant de l'adolescence, à demi-mot, à la mort de ma tante Marianne que je connaissais peu, à qui mon père refusait de parler depuis qu'elle avait rejoint les Témoins de Jéhovah. Il disait que c'était dangereux de s'approcher d'elle, qu'elle pouvait nous rendre fous. Je me souviens avoir entendu ma mère pleurer qu'on ne pouvait pas la laisser mourir comme ça, sans se rendre à son chevet, que ces histoires de religion n'étaient que des erreurs de jeunesse, qu'il n'y avait ni Dieu ni Jéhovah de toute façon, mais que la souffrance de Marianne était bien réelle, qu'elle avait déjà perdu tous ses cheveux et ses sourcils et qu'elle allait vite mourir pour de bon. J'ai alors su que le Dieu de Jésus était un personnage de fiction, le plus effrayant de tous, ce qui m'a donné le goût de lire toutes les histoires à son sujet.

Les vraies menaces dont on entendait parler à l'époque étaient plutôt les requins, comme celui du film *Jaws* que tout le monde avait vu au cinéparc et qui faisait cauchemarder l'Amérique entière, mais qu'on ne pouvait trouver qu'en Floride, selon mon père. On parlait beaucoup de la drogue aussi, surtout de l'héroïne, qui tuait les adolescentes prostituées en Allemagne, mais qui se dissimulait dans toutes les ruelles de la planète, entre les poubelles, dans des seringues rouillées invisibles sur lesquelles les petites filles de mon âge allaient invariablement mettre le pied et aussitôt en mourir avant d'avoir connu la vie, selon mon grand-père, qui avait rejoint les Alcooliques anonymes après avoir perdu le nord pendant plus de trente ans.

On craignait aussi la fin du monde, soufflé par une détonation nucléaire. C'était la seule menace mondiale à s'être infiltrée à travers les murs de gypse de notre bungalow. Mais mon père n'y croyait pas. Il disait qu'il ne fallait pas trop *ambitionner*. Que personne n'était assez fou pour *peser sur le piton* parce que tout le monde savait que tout le monde avait son propre *piton* sur lequel *peser*.

Dans sa logique, la menace nucléaire s'annulait elle-même.

Je n'avais donc rien à craindre. En principe.

Sauf mon père.

Qui hurlait qu'il allait finir par tuer ma mère, ou nous assassiner, ou se pendre, ou nous arracher la tête, ou mettre le feu à la maison. Ma mère m'expliquait ensuite que ça ne voulait rien dire, que c'étaient des stupidités d'adolescent attardé, que c'était du joual, qu'il ne fallait pas porter attention à tout ce qu'il disait. Que ses bouteilles de bière lancées à travers le salon ne signifiaient rien non plus. Ni ses coups de pied enjoués ou ses claques espiègles derrière la tête, flanquées spontanément n'importe quand, parfois au souper lorsqu'il en avait assez d'être assis avec nous. Des histoires de gars en boisson. Rien de sérieux. Il ne fallait pas en faire des montagnes.

Et j'aurais peut-être pu apprendre à recevoir les coups et les insultes cabotines de mon père, sans rien ressentir. Tout s'apprend ; on s'adapte à tout. Ma mère le répétait toujours. Mais j'ai posé trop de questions avant de choisir le silence. Et de tout ce qui m'intriguait, la mort était certainement le plus grand mystère. Je voulais comprendre ce que ça voulait vraiment dire, cette constante menace de mon père, et ce qu'il advenait des victimes de *Jaws* et de toutes les autres formes de mort, par *overdose* d'héroïne ou par explosion nucléaire. Je voulais comprendre la mort qui advenait dans toutes les émissions de télévision, les films et même dans mes dessins animés japonais préférés.

C'est Jean, le frère cadet de ma mère, qui a bien voulu m'éclairer, alors que j'avais cinq ou six ans. J'avais vu des gens qui semblaient dormir à la télévision, avec les yeux fermés et la bouche ouverte. Je les voyais tomber d'un coup. Et je ne comprenais pas en quoi le sommeil de mort pouvait être une punition pire qu'un coup de pied. Alors Jean a pris le temps de bien m'expliquer. Il m'a demandé si j'avais déjà vu des cimetières. J'en avais vu, avec des fantômes, à l'écran. Il a précisé que mourir, ça voulait dire être enfermé dans une boîte, sous la terre, dans un cimetière. Avec les vers de terre et les fourmis et les araignées, et d'autres insectes aussi, ça dépendait des cimetières. Il a parlé de la froideur de l'hiver, quand le sol gèle. De l'inondation de la boîte, pendant les grandes pluies. Il a dit : une fois enfermé dans la boîte, c'est pour toujours. C'est ça la mort. Et tout le monde finit par mourir. Mon oncle avait alors quinze ou seize ans. Il avait le sens de l'humour. Et le don de raconter des histoires ; il aimait la télévision autant que moi. Mais j'ai pensé qu'il venait de m'enseigner la vérité.

La pire menace de toutes, c'était donc celle de mourir. Et je n'allais pas y échapper.

Les vrais cauchemars ont commencé.

L'anxiété s'est généralisée.

J'étais déjà immobilisée devant l'écran de la télévision. À partir de ce moment-là, j'ai probablement commencé à me statufier. J'avais vu la sorcière bien-aimée figer les gens autour d'elle d'un jeu de nez pour arrêter le temps et j'ai très vite remarqué qu'à ne rien faire du tout, à ne pas bouger, et, mieux, à fixer l'aiguille des secondes de l'horloge le temps passait alors beaucoup plus lentement. Si je me concentrais, j'avais l'impression que chaque seconde durait trois ou quatre fois plus longtemps. Ça expliquait aussi l'immortalité des images, absolument fixes. C'était peut-être ça le secret, pour ne pas mourir, s'immobiliser déjà, mais hors de la boîte sous terre.

*

J'avais bien quelques moments de répit, juste après l'école, pour soigner mon anxiété. Avant que mon père ne revienne en milieu de soirée, saoul ou de mauvaise humeur donc sur le point de se saouler. Pendant que ma mère fumait à la fenêtre, j'étais assise devant la télévision, sans bouger.

J'ai été fascinée par beaucoup de personnages à l'écran. Surtout des superhéroïnes ou des créatures magiques. Toutes plus grandes que nature. Il y a eu Jaimie Sommers, la Femme bionique. La toute première à me donner envie de remplacer des bouts de mon corps par des organes robotiques. Je rêvais d'être améliorée à mon tour, de pouvoir courir si vite que ça ralentirait le temps autour de moi. J'ai découvert Wonder Woman à peu près à la même époque. Son incroyable beauté me sidérait à chaque épisode. Je voyais dans le quasi-dénuement de Wonder Woman la mise en lumière d'une puissance fantastique. Elle n'avait pas besoin de pantalons pour se protéger des buissons de ronces, pas besoin de manteau pour contrer les intempéries, sa peau satinée était un bouclier vivant.

Mais de toutes les créatures télévisuelles, ma préférée était Jinny. Le génie blond dans sa bouteille rose. Elle portait elle aussi un costume affriolant qui révélait son ventre plat. Je ne savais alors rien du sexe ; je ne voyais pas dans ces personnages à bustier et à voilage transparent des provocations érotiques, j'étais tout simplement éblouie par leur beauté. Le rose du costume de Jinny suffisait à m'illuminer. Quelques notes de la musique du générique, quelques mouvements de l'avatar en dessin animé du personnage et j'oubliais les longues heures passées à l'école à ne rien apprendre. Les vitraux colorés de la bouteille où elle s'engouffrait et son environnement de coussins de satin et de velours me projetaient dans une dimension d'opulence, de richesse pure qui m'oxygénait. Jinny avait cette légèreté. Cette manière de tout rendre lumineux, sans conséquence. Elle aimait avec une impensable intensité. Je ne savais rien de ce type d'amour là dans le vrai monde. Ce bonheur de l'autre. Ce désir d'être ensemble. Il suffisait que je lève les yeux de l'écran quand ma mère traversait la pièce pour éprouver à nouveau l'infinie dévastation qui la rongeait. J'étais soudain prise de vertige. Hors de la télévision, tout semblait menaçant, obscur, trop lourd. Et je n'avais alors qu'une envie : plonger davantage dans l'écran.

*

J'aurais aimé savoir prier, aussi. Je voyais à l'écran la Sœur volante dont l'enthousiasme et la bonne humeur ne se démentaient jamais, et tous les autres personnages de religieux avaient cette manière de se tenir, de regarder, de fermer les yeux et de relâcher tous les muscles de leur visage. Je percevais une tranquillité de l'esprit, une sagesse qui m'impressionnait.

Mais j'ai appris très jeune que la religion était une affaire de guerres, d'esclavagisme, de capitalisme, de papes cachés sous des robes en or payées par les va-nu-pieds d'Afrique et la vente de petits Chinois en images à l'école primaire sur le Plateau Mont-Royal. Qu'on avait pris tout le monde pour des cons pendant tout le Moyen Âge avec cette histoire d'acheter le Paradis en se sacrifiant pour enrichir l'Église et la laisser abuser des enfants sauvages et des handicapés. Du moins, c'est à peu près ce que j'entendais dans les soupers de famille très arrosés, toujours sur un ton indigné.

Or, parmi les bribes de catéchèse que j'ai captées çà et là, j'ai tout de même été frappée par cette parenté entre les personnages littéraires, ceux qui s'animaient en couleurs à l'écran et les figures religieuses. Dans sa lumière éternelle, le royaume des cieux a la texture d'une projection de cinéma.

J'ai d'abord connu Jésus de Nazareth à la télévision, à Pâques, chaque année, tandis que le Sauveur crevait l'écran de ses yeux bleu électrique alors qu'il existait justement là, à travers la même fenêtre où je pouvais suivre les péripéties de toutes mes autres idoles, des créatures de fiction dont la chair à l'écran semblait tout aussi vivante que celle du Fils de l'Homme. Il faut dire que Jésus est le premier poète que j'ai fréquenté, dans les pages de la Bible en images offerte par ma grand-mère. *Aimez-vous les uns les autres. Tout est possible à celui qui croit. Je suis l'Étoile brillante du matin.* Les paroles du Christ me semblaient tout aussi intrigantes et passionnantes que les déductions de Sherlock Holmes. Ma grand-mère ne se doutait probablement pas que le joli livre orange allait trouver sa place parmi les contes, les légendes et les épopées de ma bibliothèque, là où les ouvrages autrefois sacrés et les fictions les plus folles s'alignaient dans un même axe, tous précédemment lus dans la même position, couchée à plat ventre sur le matelas, les pieds battant l'air comme deux ailes pour maintenir mon attention dans les hauteurs de l'imaginaire des écrivains, à tout embrasser à la fois, et leur sagesse suprême, et leur humour subtil, et leur délire psychotique.

*

J'ai entendu le mot *spiritualité* pour la première fois à Paris, à l'âge de seize ans. Par la bouche d'une maquilleuse qui appliquait sur mes lèvres un gloss iridescent. Elle affirmait qu'il suffisait d'une goutte de brillance pour révéler la lumière sacrée de l'âme. Je n'avais rien compris à son propos, mais j'avais haussé les sourcils pour faire semblant que j'étais du même avis.

Deux mois plus tôt, j'étais isolée dans un sous-sol de la Rive-Sud de Montréal. Il n'y avait personne pour m'initier à la spiritualité, que des êtres dont le sens de l'existence passait par un automatisme, une manière d'être là par défaut, avec suffisamment d'alcool pour venir à bout des malaises quotidiens de l'errance.

J'aurais peut-être pu découvrir le Sacré par un contact avec la nature. Mais je n'y avais pas davantage accès. Tout avait été rasé autour pour construire le domaine d'habitations où j'ai grandi. On ne trouvait plus aucun arbre dans le secteur, que des arbrisseaux avec leurs quelques branches dénudées qui ressemblaient au mieux à des poteaux de clôture sortis des rangs. Et si quelques voisins plantaient des fleurs au printemps, c'était souvent n'importe comment, sans souci botanique, uniquement des pensées violettes et des tournesols vite brûlés par le soleil qui s'écrasaient avant le solstice d'été. Il y avait bien la verdure des pelouses, des carrés lisses nettoyés par les pesticides, qui rappelaient vaguement la présence végétale d'avant que tout soit nivelé pour créer l'horizon du vingt et unième siècle, mais qui ressemblaient davantage aux similigazons des terrains de *miniputt*.

Et il n'y avait rien plus loin non plus. Je suis née sur un territoire qui compte dix petites collines, imperceptibles en milieu urbain. On y cultive le maïs et le soya, dans des champs qui ressemblent à des terrains abandonnés en hiver. Des îlots de conifères viennent ponctuer le paysage d'autoroutes, d'usines, de centres commerciaux et de boutiques entre lesquels s'élèvent depuis le bitume des poteaux électriques dont les câbles relient tant bien que mal l'ensemble des constructions disparates érigées dans la pire période architecturale des temps modernes, entre le début des années soixante-dix et la fin des années quatre-vingt, pendant la ruée de l'aluminium et du néon, en plein règne des bungalows et des entrepôts, construits en catastrophe, sans souci esthétique ou urbanistique, par des hordes de travailleurs de la construction à moitié saouls.

Ce que j'ai d'abord connu de la Terre, c'est un assemblage résidentiel où des centaines de maisons unifamiliales forment une monoculture de brique et d'aluminium; on peut s'y perdre sans jamais trouver un seul dépanneur, il n'y a que des maisons identiques à l'infini, jusqu'à l'autoroute nationale qui relie une multitude de petites villes-dortoirs. Et, à l'époque, c'était exactement ça, des lieux où la dimension de la chambre à coucher de chacun délimitait toute l'étendue à explorer, et qu'il fallait donc apprendre à transcender. Mon expérience du monde était déterminée par mes incessantes plongées en apnée dans la fiction, un coude sur l'oreiller à me projeter dans un roman ou le visage irradié par les couleurs animées de l'écran.

Et j'ai bien vu la mer, aussi, enfin ce qu'on pouvait en voir entre la multitude de parasols aux couleurs fluo, les serviettes de plage et les corps huilés des touristes qui se rassemblaient par millions pendant les vacances de la construction sur les plages de la côte Est des États-Unis. Le véritable océan, c'était celui des vacanciers dont les échanges criards masquaient le bruit des vagues. J'ai vu quelques fois la ligne nette entre le ciel et la mer, et même parfois des nuages suspendus juste au-dessus, mais jamais je n'ai été ravie par ce que je percevais, peut-être parce que j'étais aussitôt bousculée par mon père ou un groupe d'enfants excités ou leurs parents qui l'étaient tout autant et qui me ramenaient toujours à leur présence sans cesse dérangeante que je parvenais à oublier à la seule condition de plonger dans un roman.

Déjà, j'apprenais à m'abstraire du monde pour trouver un point d'élévation.

*

Pour être plus précise, j'avais entendu le mot *spiritualité* à la télévision, sans jamais demander à qui que ce soit ce que ça pouvait bien vouloir dire. Ça résonnait comme *spiritueux* et, ça, je savais que ça voulait dire que de la visite arrivait bientôt et que le bar devait être rempli. Que des discussions colorées, emportées, souvent conflictuelles allaient m'empêcher de regarder la télévision jusqu'à tard dans la nuit.

Les seuls invités à la maison étaient des confrères de travail de mon père, avec leurs épouses. Et ces rencontres obligées pour ma mère la rendaient irritable pendant une semaine. La veille, elle ouvrait les fenêtres et laissait sortir un peu de fumée ; le lendemain, elle constatait les dégâts en soupirant, elle s'arrêtait devant les taches d'alcool et les brûlures de cigarettes sur les sofas en croisant les bras, une main sur la bouche. Puis elle restait là, à expirer bruyamment. Il y avait bien un moment où elle semblait apprécier la visite, pendant la première heure, quand l'alcool engourdissait son mal-être et que ses efforts pour paraître joviale et enthousiaste lui permettaient de le devenir un peu, à travers quelques éclats de rire. Mais très vite mon père s'engageait avec son invité dans quelque discussion syndicale, et les épouses se retrouvaient à la cuisine, à préparer le repas. Ma mère détestait ces rapprochements avec celles qu'elle appelait les mégères ; tôt ou tard elles allaient aborder des sujets sensibles et ma mère allait se refroidir jusqu'à provoquer un malaise. La plupart du temps, au tournant des années quatre-vingt, il était question de divorce ou de dépression. La mégère introduisait son propos en déclarant que ça lui faisait du bien de sortir de son quotidien et de rencontrer du *nouveau monde*. Que l'année précédente n'avait pas été facile. Que sa sœur ou sa meilleure amie était *entrée en dépression* après son divorce. Ma mère compatissait d'un mouvement de tête. Elle disait : je te jure que ce n'est pas facile, la vie. Elle tentait d'abonder, de remplir le verre de l'épouse inconnue ; d'avaler le sien. Puis, invariablement, la discussion bifurquait vers la question de l'autonomie, la mégère précisait que sa sœur ou sa meilleure amie n'avait pas pensé à se protéger par le mariage, ou à se placer sur le marché du travail, qu'elle avait en quelque sorte provoqué le désastre, qu'il fallait être innocente à cette époque-là pour s'établir en couple sans protection. Or, il n'y avait rien de plus explosif que l'ensemble des questions féministes pour provoquer la colère de ma mère. Les soirs où la discussion survenait tard, alors qu'elle était ivre depuis longtemps, ma mère n'hésitait pas à traiter toutes les féministes d'écervelées. Pour elle, cette obligation d'intégrer le marché du travail était une nouvelle forme d'asservissement encore plus pernicieuse. Elle s'emportait en déclarant que c'était toujours du pareil au même, qu'après avoir obligé les femmes à obéir à leur mari, après les avoir poussées à produire des bébés en série pour l'Église, on allait maintenant les saigner à blanc pour faire rouler l'économie. Elle déclarait que toutes les femmes allaient bientôt *entrer en dépression* si elles persistaient à vouloir jouer du coude sur le marché du travail. Et, souvent, mon père et son invité étaient galvanisés par ses propos, qu'ils trouvaient follement amusants. Ils se lançaient à leur tour dans leurs anecdotes de travail ; les femmes ne faisaient pas du tout leurs preuves, elles retardaient tout, elles n'étaient pas faites pour le travail de bras ni le travail de tête, et la plupart n'avaient pas de cul non plus. Alors le conflit éclatait. Ma mère tentait de clarifier son propos, de défendre l'intelligence des femmes et leur savoir-faire, de bien expliquer que ce n'était pas une question d'aptitude, mais encore une fois d'obligation avec conditions, jeux de pouvoir, abus ; elle parlait d'iniquité salariale et mon père hurlait que ce n'était pas du tout de l'iniquité, plutôt de la justice. Que chacun était payé selon ses compétences.

Alors il frappait son poing contre la table.

Et ma mère s'éloignait immédiatement, en silence, vers la cuisine, avec une bouteille de vin, et se tenait debout devant l'évier pendant le reste de la soirée, à lisser ses sourcils d'un doigt tremblant en regardant par la fenêtre.

*

J'étais déjà configurée pour m'isoler et me vouer à la spiritualité, ou du moins à l'adoration. Être née un siècle plus tôt, on aurait forcément remarqué ma manière de fondre devant l'écran tout en agrandissant le regard sur la succession d'images, sans jamais cligner des yeux ou presque. Il n'y avait pas de télévision à l'époque, je sais bien, mais j'aurais trouvé autre chose à contempler. Peut-être les tableaux à l'église. Ou les images de la Bible.

J'avais une fascination viscérale pour la télévision, mais il m'a suffi de peu pour apprendre à également adorer les images fixes.

La toute première qui m'a émue était imprimée sur la pochette d'un 33 tours.

C'était un portrait d'Olivia Newton-John. Bras croisés sur la poitrine, pour son album *If You Love Me, Let Me Know*, premier disque offert par ma grand-mère, qui l'a peut-être choisi parce qu'il semblait inoffensif, avec ses arbres en arrière-fond, et cette poupée blonde à l'allure sage avec une chemise en jeans et sans trop de maquillage.

J'avais sept ans.

J'ai tout de suite aimé Olivia.

J'ai eu l'impression qu'elle m'offrait un sourire radieux. Ce n'est que bien plus tard que j'ai réalisé qu'elle ne souriait pas du tout, du moins pas sur cette photo-là, que tout se jouait dans l'intensité de son regard, qui rencontrait sans cesse le mien. Je ne sais pas pourquoi j'ai eu l'impression de percevoir quelque chose de vraiment lumineux dans son visage. Ni pourquoi j'ai ensuite éprouvé le besoin compulsif de collectionner des centaines de photographies d'elle, découpées ou arrachées dans les journaux et dans les magazines, et ce, pendant près d'une décennie.

*

Ma mère n'a jamais compris pourquoi j'accumulais des photographies d'Olivia plutôt que de jouer à la Barbie ou de sauter à la corde sur l'asphalte avec les voisines, que j'aurais pu inviter à venir se baigner. Elle ne comprenait pas non plus mon absence de désir pour l'immense piscine hors terre qui remplissait la cour, d'où je sortais les yeux en feu après trois ou quatre minutes de baignade tellement la quantité de chlore était élevée.

Je ne sais pas comment j'ai appris à collectionner ; je ne sais même pas si j'étais consciente de ce que je faisais. Je voulais passer le plus de temps possible avec Olivia et la rencontrer là où elle se trouvait, dans la sphère de l'image. Sur mes portraits préférés, Olivia exprimait une joie de vivre inédite. J'étais fascinée par ce ravissement inouï. Tout en elle semblait lumineux. Et sa beauté, et sa voix et son énergie à l'écran. Chacun de ses portraits me donnait à découvrir un peu plus de sa splendeur. Il fallait donc que je trouve toutes les images d'Olivia pour vraiment la rencontrer.

Olivia a été l'idole parmi toutes les idoles de mon enfance, avec ses sourires absolus sur ses pochettes de disques et sur les affiches qui tapissaient ma chambre. Elle était sans cesse présente avec de nouveaux films, de nouveaux disques, de nouveaux vidéoclips ou spectacles à la télévision. Chaque semaine, des images d'elle apparaissaient dans le *Magazine illustré* ou dans les quelques autres revues que je pouvais feuilleter au dépanneur et dont je déchirais les pages voulues avec une technique imperceptible pour les ajouter en cachette à ma collection. Je savais bien que je n'avais pas le droit d'arracher des pages de magazines, et que je prenais le risque de me faire pincer, mais je ne pouvais tout simplement pas repartir sans mon petit bout d'elle.

Je ne savais alors rien du talent des photographes. Ni des possibles de la composition des images. Ou plutôt, je voyais bien que nos souvenirs de voyages et de Noël n'avaient rien à voir avec les pochettes de disques d'Olivia. J'avais toujours l'air triste et difforme, et ma mère aussi. Nous étions floues. Et peut-être ai-je pensé que ceci expliquait cela. Que notre laideur sur les photos prises par mon père pouvait être comparée à l'extrême beauté d'Olivia sur ses portraits promotionnels, que justement ses immenses sourires révélaient à quel point elle était bien plus vivante que nous, qu'il existait un ailleurs avec des couleurs plus vives, et des êtres joyeux, heureux d'exister. Qu'il fallait que je devienne mieux pour un jour lui ressembler sur nos souvenirs de voyages. Que j'avais donc intérêt à étudier son art d'être magnifique.

Je ne savais pas ce que ça voulait dire, avoir un modèle. Mais je sais que j'ai voulu très fort ressembler à Olivia. Et que ça n'avait rien à voir avec sa dentition exceptionnelle ou ses yeux bleus. Je ne remarquais pas ces détails de textures ou de formes. Ce que je voulais, c'était cette manière de me tenir avec aplomb, d'observer droit devant ; devenir à ce point radieuse que n'importe quel cliché pris par n'importe qui n'aurait pu que révéler cette perfection d'être au monde.

Et je n'aurais jamais pu l'expliquer à ma mère, mais je me sentais protégée en observant ma collection de sourires silencieux d'Olivia. Peu importaient la fureur de mon père ou le désespoir de ma mère, Olivia était invariablement radieuse.

*

Mon adoration pour Olivia irritait vraiment ma mère. Elle percevait peut-être ma personnalité mystique, qui la ramenait à sa jeunesse avec les sœurs catholiques et leur obstination à vénérer quelque chose qui n'existait pas pour elle, quelque chose qui leur donnait le droit de lui frapper les mains avec une baguette et de la regarder avec hauteur et dédain. Quelque chose qu'elle devait répéter par cœur tous les matins à l'église sans rien y comprendre, sans rien éprouver d'autre que de l'ennui, et une forme d'oppression constante.

Ma mère répétait souvent que c'était peut-être pire que la religion, cette nouvelle vénération des *guédailles* de la télévision. Les premiers temps, c'était le surnom d'Olivia. C'était à la sortie du film *Grease*. J'ai dû passer une semaine à tenter de reproduire la chorégraphie finale du film, celle où Sandy change complètement d'image et devient une femme fatale qui suscite l'hystérie. Cette scène m'a survoltée. J'étais tellement excitée de voir mon idole prendre une apparence nouvelle qui lui insufflait un pouvoir inédit, comme Wonder Woman qui tournait sur elle-même pour faire disparaître sa fausse identité de femme ordinaire et révéler ses véritables couleurs. Ou comme Jinny, qui savait porter les robes qui lui permettaient de dissimuler sa nature magique et de se fondre dans son époque, mais qui, d'un clignement de paupières, retrouvait elle aussi sa percutante apparence intemporelle. Je percevais dans ce spectaculaire changement d'image rien de moins qu'une renaissance. Une apparition miraculeuse, comme Jésus pendant la Transfiguration.

Je ne comprenais pas alors que la transformation de Sandy dans *Grease* était liée à l'érotisme, que les talons hauts, le rouge à lèvres, la cigarette et les cheveux bouclés étaient une manière de briser l'image de l'innocence, de la virginité et de composer une personnalité de *bad girl*. Tout ce que je voyais, c'était Olivia, radicalement différente et pourtant magnifique, stupéfiante de beauté. Il n'y avait aucun émoi sensuel, pas la moindre compréhension des jeux sexuels. Que de l'amour pur. J'ai dû taper des mains ou crier pendant la scène mythique, je ne sais plus. Mais je sais que ma réaction a troublé ma mère, qui était assise à côté de moi. Lorsque Olivia a commencé à se dandiner, toute menue dans ses pantalons moulants noirs, ma mère a dit, sur un ton exaspéré : elle est coupée au couteau cette fille-là, tu ne peux pas avoir un corps naturel comme ça. Et ça m'a troublée. Je ne savais encore rien de la chirurgie plastique et j'ai eu la pensée horrifiante d'un couteau à viande glissant sur un corps pour en déterminer la ligne. Ma mère voulait que je comprenne que sa beauté était une affaire de maquillage, que sa voix était trafiquée en studio par des techniciens. Qu'il y avait toute une machine derrière son succès. Que ça ne se faisait pas comme ça. Que ce que je pensais être la beauté était une illusion. Que c'était irréel. Elle voulait tellement que *j'en revienne*. Que je comprenne qu'il y avait autre chose de plus important dans la vie que des *pitounes* qui se dandinent. Et quand je lui demandais ce qui était important, elle soupirait et déclarait que j'étais de mauvaise foi.

J'ai bien essayé de lui expliquer que je voulais vraiment savoir ce qui était plus important, que je ne demandais que ça, au fond. Je la voyais hésiter, et parfois elle me répondait que la famille était importante. Mais elle détestait sa propre mère, qui lui téléphonait tous les jours. Je l'entendais mentir, expédier leurs conversations, ne pas raconter notre vrai quotidien. Elle ne parlait jamais à son père, ni à sa sœur, ni à son frère. Ma mère n'avait pas d'amies non plus ; elle disait que ça finissait toujours en drame parce que tout le monde cherche à tirer son épingle du jeu pour te planter un couteau dans le dos. Je ne comprenais pas ce que ça pouvait bien signifier, mais la grimace écœurée de ma mère suffisait à clore le sujet. Autour de la maison, le monde était tout aussi détestable. La voisine de gauche, schizophrène, était un monstre dont il fallait se méfier. La voisine de droite, retardée mentale selon ma mère, était encore plus inquiétante. Plus loin, il y avait la commère et sa voisine, immense comme un éléphant, qui, elle, ne parlait à personne. Il y avait les Anglais, aussi, une seule famille dans tout le domaine, dont on estimait l'hygiène douteuse parce qu'ils n'entretenaient pas leur pelouse. Ma mère disait que c'était une question de culture, qu'ils venaient probablement de l'Ontario et que là-bas personne ne se préoccupait des mauvaises herbes sur leur terrain et que c'était pire encore dans l'ouest du pays.

Il fallait que je comprenne qu'ailleurs, ce n'était pas mieux.

*

L'annonce de la grossesse d'Olivia, au milieu de mon adolescence, a été un cataclysme pire qu'une bombe nucléaire.

J'ai immédiatement cessé d'écouter ses albums. J'ai roulé ses affiches derrière mes chaussures, rangé ma collection de photos sur la plus haute tablette de mon placard. Et j'ai ensuite passé une année entière à lire de l'horreur ; tous les romans de Stephen King et de Clive Barker. J'ai commencé à m'habiller exclusivement en noir. J'étais peut-être en peine d'amour. Ou en deuil.

J'ai mis du temps à comprendre que je n'acceptais pas qu'Olivia enfante. Qu'elle devienne mère comme la mienne l'était. Aussi triste qu'elle, j'en étais convaincue. En fait, je n'avais jamais pensé qu'Olivia puisse enfanter. Et je n'avais jamais réalisé non plus qu'elle avait exactement le même âge que ma propre mère, à quelques jours près. Olivia faisait partie des êtres fabuleux, des personnages de contes de fées ; je ne la considérais pas comme un être humain. Plutôt comme une déesse. Mieux : un personnage de fiction.

Et sa consternante humanité m'a dévastée.

La semaine suivante, je me suis rendue à la boutique d'affiches du centre commercial, où s'empilaient des photographies géantes de la mythologie hollywoodienne, dont Rocky, Charlie Chaplin, James Dean, Marlon Brando, entre quelques portraits de chats, chiens, chevaux, et de multiples vols d'oiseaux et couchers de soleil sur la plage. Il fallait que je trouve quelque chose pour remplir à nouveau les murs de ma chambre. L'absence d'images à contempler en me réveillant le matin me donnait l'impression d'être enfermée dans la boîte sous terre de mon oncle Jean.

Au milieu du fouillis d'affiches, je me suis intéressée à un visage que je connaissais déjà, mais bien peu. J'avais entendu le nom de cette femme et vu deux ou trois de ses films à la télévision. Elle trônait parmi les idoles du cinéma avec d'immenses sourires parfaits, une attitude désinvolte et une beauté incandescente. Et, plus fascinant encore, elle était disparue avant ma naissance et son mythe ne faisait que croître depuis. Son nom apparaissait en lettres attachées sur toutes ses photographies, comme si c'était un slogan pour la mettre en valeur. *Marilyn Monroe.* C'était la star des stars, l'archétype des supermodèles. Peut-être la femme-image la plus percutante de toute l'histoire du cinéma. Je suis repartie ce jour-là avec trois affiches d'elle et une nouvelle conviction : pour mériter l'adoration, les idoles devraient toutes être mortes. Et avoir atteint le statut d'images permanentes.

DE L'ESPACE-TEMPS

Le jour de son hospitalisation, après quatre heures à l'urgence, ma mère disparaît avec deux infirmières dans l'aire de choc. Mon père doit patienter. Il décide de rentrer à la maison. De s'asseoir au salon et d'attendre.

Il pense à moi.

Peut-être parce que je suis sur le mur devant lui.

Moi minuscule, avec un sourire forcé, juste avant la puberté. Une photo scolaire laminée, jaunie par la fumée de cigarette.

Il m'appelle. Me raconte le détail de sa matinée : l'état de ma mère au réveil, nauséeuse, son côté de lit mouillé, puis ses vomissements incessants et ses paroles incompréhensibles. Il m'explique comment il a installé un sac à vidanges dans l'auto, entre les jambes de ma mère, pour se rendre à l'hôpital. Il parle de reins, d'empoisonnement. Il pleure. Il me dit qu'elle est seule, là-bas. Qu'il devrait peut-être y retourner. Qu'il ne sait pas quoi faire. Je ne sais pas davantage que lui. Je dis que je vais m'y rendre.

Je ne dis pas quand.
Après, je ne bouge plus.

*

Tandis qu'on déshabille ma mère inerte à l'hôpital, qu'on lui retire son dentier, qu'on plante des aiguilles dans ses bras, je ne fais rien. Je reste assise au sol dans mon atelier. Au bout d'un moment, j'installe Anouk dans une position semblable à la mienne, juste à côté de moi. Avec le changement de pose, l'expression de son visage se neutralise, ses yeux s'ouvrent et je retrouve son regard qui s'anime sous le battement régulier de ses paupières. Elle observe droit devant, jette un œil à gauche, s'intéresse à un point au-dessus de ma tête. Elle semble curieuse, alerte. Mais calme. Imperturbable. Je fixe ses iris et je me laisse hypnotiser par sa chorégraphie oculaire. Je respire mieux.

Je sais que j'ai promis de me rendre à l'hôpital. J'ai probablement menti. C'est à peu près la seule certitude qui m'anime.

L'hôpital est à quinze minutes de mon appartement. Il suffit de descendre au niveau du stationnement souterrain. De choisir un autonomat en libre-service à côté de la porte. Puis de me laisser conduire par le pilote virtuel. Je n'ai encore jamais eu à faire l'expérience de ce type de véhicule, mais la présentation en ligne promet une utilisation intuitive et facile.

Or, je ne peux pas.

Je suis paralysée.

La perspective d'avoir à m'éloigner de mon appartement me terrifie.

Je ne sors plus de chez moi depuis longtemps.

Je me suis cloîtrée pendant le premier des attentats terroristes à Montréal. On parlait d'attaque à l'arme bactériologique après la série d'explosions. La chasse à l'homme a duré trois jours; je suis restée enfermée pendant un mois. Sans même sortir sur le balcon. J'ai commencé à tout me faire livrer à ma porte.

À l'époque, j'avais pris l'habitude de passer des journées entières, parfois près de vingt heures d'affilée, à visionner des enregistrements de grandes séries télévisées qui s'étendaient sur plus d'une centaine d'heures chacune. J'avais l'impression d'une mutation accélérée; ce qui était jadis un court moment d'éblouissement cinématographique d'à peine deux heures devenait un séjour prolongé de plusieurs jours en continu. Je découvrais des univers diamétralement opposés, du règne des rois du Moyen Âge à la fin de l'humanité dans un vaisseau spatial, je suivais les complots d'un groupe de motards pour ensuite me propulser dans un parc d'attractions où se confondaient humains et robots. Je m'intéressais à l'espionnage russe, aux pirates informatiques, aux trafiquants de crystal meth, aux ramifications d'un groupe de forains maléfiques, à des physiciens de la Californie, aux morts-vivants, à des vendeurs de papier, à la mafia du New Jersey, aux revenants de France. J'étais ravie. J'allais bientôt plonger en immersion en réalité virtuelle pendant d'aussi longues périodes. Toutes les technologies informatiques et cinématographiques convergeaient vers le point Alpha de la traversée dans une dimension de pure fiction. Et j'allais m'y précipiter dès la première heure.

Je suis sortie de mon appartement un mois plus tard pour aller comparer des écrans de télévision OLED au niveau du métro, juste en dessous de chez moi, dans le dédale de commerces qui dessine la fourmilière souterraine. Et puis il y a eu l'accident à la centrale d'Oyster Creek. Avec les fortes pluies et les vents du sud qui propulsaient les rejets nucléaires vers le nord. Et l'hystérie et la cacophonie et le vacarme d'informations contradictoires qui ont suivi. J'avais une réserve d'eau de source, de barres de protéines, un inventaire de fibres et de fruits séchés. J'ai téléchargé une dizaine de téléséries et je me suis déconnectée complètement de la surface de la Terre. Pour mieux l'explorer à travers l'imaginaire de son espèce dominante sur mon nouvel écran. Trois mois plus tard, j'ai jeté un œil aux nouvelles pour découvrir qu'on ne mentionnait même plus la tragédie ; qu'il y avait eu deux autres accidents nucléaires en Europe depuis, un attentat au pays, que cinq guerres suivaient leur cours au Moyen-Orient et en Asie et qu'une nouvelle téléréalité mettant en scène les jeux pornographiques d'un groupe de milliardaires chinois battait tous les records d'audience.

Depuis peu, je me mets à l'épreuve en m'obligeant à sortir à l'extérieur, une fois par semaine, sur mon balcon, pour prendre un peu de soleil.

Deux ou trois fois par année, je m'aventure de l'autre côté de ma porte, essentiellement pour aller au centre médical, au rez-de-chaussée, ou pour faire l'essai de lentilles d'immersion, au niveau du métro. Et chaque fois, je dois me préparer. Autohypnose. Exercices de respiration pour calmer mon anxiété. Je ne sors jamais sans mon masque. J'active une application d'accompagnement, qui fait apparaître un groupe autour de moi, en réalité augmentée. Le plus souvent, je choisis les Superfriends. Batman, Superman et Wonder Woman plaisantent alors pour détendre l'atmosphère. Je ne flâne pas. Je trouve ce que je suis venue chercher et je reprends l'ascenseur pour remonter chez moi, sans m'arrêter.

Pour le reste, je laisse Andy, mon androïde domestique, s'en charger. Il veille déjà au ménage et au peu d'épicerie dont j'ai besoin. Il pense à tout, même à ce qui m'indiffère. Comme les plantes. Qu'il installe partout dans l'appartement. Et qu'il arrose avec lenteur. Lorsque je le regarde faire, il lève ses yeux clairs vers moi et me murmure d'une voix douce que c'est pour m'oxygéner.

*

J'habite ici depuis près de trente ans ; je n'ai jamais voulu y inviter personne, surtout pas ma mère. Après la dernière crise de mon père, je lui ai plutôt raconté toutes sortes d'absurdités pour justifier mon éloignement. Longtemps, j'ai prétendu vivre dans un ashram en Inde. Un lieu sans électricité ni téléphone, ce qui expliquait mon silence et mon très court appel à son anniversaire. Le seul de l'année, souvent. En fait, j'ai bien séjourné en Inde, à Pondichéry, pendant une semaine. Après un défilé privé à Bombay. J'avais accepté de suivre le groupe de mannequins dans le sud de l'Inde après notre contrat. Pour apprendre à méditer. Ou du moins tenter de le faire, sans succès. Jusqu'à ce que je comprenne que ma façon de fixer l'écran de la télévision valait toutes les séances de respiration et les mantras du monde, que je savais déjà me détacher de mes pensées, et même, mieux, ne pas penser du tout et ne rien ressentir non plus, enfin presque rien au bout de quelques heures en plongée dans une fiction. Quand j'accède à un autre espace-temps, mon état hypnotique calfeutre les infimes émotions de surface qui me traversent et qui disparaissent aussitôt.

Et c'est bien avant mon séjour en Inde que j'ai appris à mentir à ma mère pour éviter le moindre conflit avec elle. La plupart du temps, j'improvisais sans y penser dans un élan qui ressemblait à de l'enthousiasme ; je parlais très vite pour qu'elle n'entende presque pas. Ça ne me ressemblait pas du tout de parler, d'exprimer quoi que ce soit, et ma mère devait bien comprendre le subterfuge. Mais ça générait quelque chose qui ressemblait peut-être à de la convivialité. Le personnage que je créais était divertissant, bruyant, d'une joie hypertrophiée, à la manière des animateurs populaires des jeux télévisés. Je savais remplir tout l'espace de nos conversations avec le bon dosage de vacarme abrutissant. Pendant nos quelques minutes de conversation annuelles, je prétendais être encore en relation avec elle, je lui faisais croire que nos échanges superficiels témoignaient d'un lien persistant, malgré le silence et la distance. J'espérais alors que cette manière d'être hors d'atteinte allait venir à bout de notre relation, sans crise supplémentaire ni conflit. Qu'une lente dissolution. Nos deux galaxies s'éloignant inexorablement l'une de l'autre avec la grâce des ballets célestes.

Quatre heures après l'appel de mon père, je pense que je vais abdiquer. Que je suis tout aussi paralysée que ma mère l'est sur sa civière. Que je devrai composer avec cette impossibilité.

Mais j'entends, en boucle, l'ampleur de la dévastation de mon père. Sa stupeur. La cascade de sanglots nerveux. Une voix inédite. Mon père se moque, il nargue, il monte le ton, s'impatiente, se fâche, hurle de rage. Mais il ne pleure jamais.

Je pense comprendre que ça y est. Qu'il n'y aura plus d'appels annuels forcés, plus de mensonges, plus de dissimulation. Que ma mère va disparaître.

En début de soirée, je suis assise au sol devant la porte d'entrée. J'ai toutes mes provisions dans mon sac. Je me répète que je peux m'activer, un pas après l'autre, me rendre le plus loin possible, puis changer d'idée à n'importe quel moment. Je fouille parmi les *add-ons* de mon application d'accompagnement. Je trouve Astérix et Obélix, Lucky Luke et les Dalton, une dizaine de X-Men, dont Magneto que je range immédiatement dans mes favoris. J'active l'application. Je me retrouve avec tout le groupe autour de moi, dans une joyeuse cacophonie, en mandarin. Je devrais ajuster le choix de la langue, mais la surprise auditive m'a suffisamment amusée pour que je réussisse à me lever. Je me répète que je peux tenter une sortie, sans aucune obligation. Et revenir composer une image, pour retrouver mon état hypnotique usuel.

Je décide plutôt de m'y mettre immédiatement.

Ce que j'aurais dû faire depuis des heures.

Il suffit d'une improvisation rapide. Je vais choisir une pose préprogrammée pour Anouk ; je viens de recevoir une série intitulée *Germination*, d'un chorégraphe australien. Neuf variations sur le thème du fœtus.

Une image, je me dis. Une seule.

Et j'aurai l'énergie pour m'élancer hors de chez moi.

Quand je me suis payé un téléviseur et un magnétoscope avec mes premiers contrats de mannequin, ma mère a déclaré que j'allais me rendre malade à passer autant de temps sans bouger.

Plus tard, alors que j'étais modèle depuis quelques années déjà, les spécialistes de l'enfance ont commencé à signaler les méfaits d'une trop longue exposition à la télévision. Il était déjà trop tard pour moi. J'avais développé une dépendance irrémédiable à l'écran. À ses promesses d'une vie meilleure, dans un ailleurs de l'autre côté de l'image. On a alors beaucoup parlé des liens entre l'obésité et les longues heures d'immobilité devant la télévision, sans trop soulever le fait que cette nouvelle manière d'être, statique et passive devant la fenêtre d'un univers d'infinies fictions qui scintillent de mille couleurs chatoyantes, préparait une génération entière et les suivantes à se désintéresser peu à peu du monde physique pour embrasser la dimension virtuelle. Ce qui comptait, à l'époque, c'était ce qu'on pouvait percevoir d'emblée, soit le début d'une épidémie de corps grossissants, de matière humaine qui se déformait, qui s'écrasait devant l'écran, lequel s'élargissait au même rythme. Dans mon cas, l'absence d'exercice était une manière de gérer le peu de réserve énergétique que j'avais.

Ma mère n'aimait pas cuisiner, et nous n'avions pas les moyens de manger des plats préparés ; mon père avalait sans trop s'en rendre compte ce qui lui tombait sous la main, sans aucun souci pour son alimentation. J'ai bien vu à la télévision des repas de famille où l'on échangeait en riant autour d'une table pleine d'assiettes débordantes d'aliments magnifiques aux couleurs appétissantes, mais j'ai vite compris que c'était de la fiction, que dans le vrai monde ma portion de steak était composée de gras et d'os, que les brocolis étaient tellement cuits qu'ils n'avaient plus qu'une forme approximative dans l'assiette. Le foie de veau sentait les excréments et la puanteur du bouilli de bœuf suffisait à me couper l'appétit pour deux jours. Sans faire exprès, ma mère m'a préparée à choisir l'anorexie comme mode alimentaire.

J'avais lu quelque part, peut-être dans un roman de science-fiction, que les êtres évolués pouvaient « s'énergiser » à même la lumière du soleil, qu'avant longtemps nous allions tous perdre nos dents et que notre estomac allait se transformer en pile à longue durée. Que l'absence de désir pour les aliments était un signe que le processus d'évolution était en cours.

Et j'y croyais.

Pendant toute mon enfance, je me suis installée face à mon reflet et j'ai voulu observer ma propre évolution. Je savais que je me transformais rapidement. Que j'allais devenir femme. Comme ma mère ou, idéalement, comme mes idoles. J'ai passé beaucoup de temps à scruter l'apparition de l'éclat du visage que je percevais dans les magazines, cette lumière radiante qui semble émaner des sourires sur papier. Je remarquais alors que je n'étais pas de la bonne couleur. Que dans le miroir de la salle de bain des cernes bruns apparaissaient sous mes yeux et sous la pointe de mon nez. Je ne savais rien des jeux de lumière ; je croyais que c'était une question de croissance, qu'à la puberté mon visage produirait enfin la luminescence pour colorer mon visage d'une teinte délicatement rosée, que mes lèvres allaient rougir et briller, que mes cils allaient s'allonger jusqu'à créer des effets de paillettes sur mes paupières. J'ai surveillé attentivement l'apparition des premiers signes de ma beauté, sans soupçonner que le seul globe au-dessus de ma tête, dans la salle de bain, avec sa lumière jaune, n'illuminait que le sommet de mon cuir chevelu et ne révélerait jamais quelque éclat dans mon regard.

Or, le soir où j'ai remporté le prix du concours de mannequins, après l'effervescence autour de moi, après le seul déluge de compliments que j'allais recevoir pendant toute la durée de mon mannequinat, le miroir de la salle de bain m'a renvoyé le même reflet hideux.

Je ne voyais aucune trace d'évolution dans mon visage. Comme si le mécanisme était enrayé. J'ai alors pensé que c'était une question de regard défectueux. Que j'avais peut-être besoin de verres pour mieux me scruter.

Ou, mieux, d'un œil extérieur.

*

Personne n'avait jamais rien gagné dans tout mon arbre généalogique et la nouvelle de ma victoire a déstabilisé mes parents autant que moi. Pendant quelques jours, ils ont cessé de se quereller. Tout le quartier a vu passer la nouvelle dans le journal local; les félicitations fusaient de partout. Ma grand-mère a pleuré comme si je venais de réussir toute ma vie et d'assurer ses vieux jours. Je suis donc devenue une image sous les applaudissements de toute mon école, de tout mon quartier et de toute ma famille.

Or, dès le lendemain du concours, je n'ai pas été lapidée, mais j'ai eu l'impression qu'un mur de glace se formait à mon passage. Personne ne comprenait pourquoi une fille qui n'avait jamais été remarquée par quiconque venait de remporter un prix de « beauté », et les quelques enthousiastes qui auraient peut-être pu devenir mes nouveaux amis se sont heurtés à mes œillères de timidité. Le prix n'avait rien changé à mon malaise social; je n'avais aucune envie d'interagir avec les autres et ma soudaine mise en lumière m'obligeait à me refermer, à regarder le plancher, à raser les murs sans m'arrêter, à me défiler sans cesse. Je ne cherchais pas à entendre ce qu'on murmurait dans mon dos ni à soutenir les regards hargneux. La polyvalente que je fréquentais est devenue un étroit corridor où je n'entendais plus rien, ni les moqueries ni la matière des cours ; j'étais sourde et aveugle, hermétiquement close.

Prête à prendre la pose et à ne plus bouger.

*

Dès ma première séance, le photographe avait déjà un autre projet pour moi ; la maquilleuse avait besoin de rafraîchir son *book* et j'avais apparemment le visage idéal pour l'inspirer ; la coiffeuse a mentionné un défilé la semaine suivante et le désistement de dernière minute d'une fille à qui je ressemblais à s'y méprendre. En moins d'une heure, je me suis retrouvée avec trois contrats.

Nous étions une dizaine, en provenance d'autant de polyvalentes, à avoir remporté le même prix. La photographie pour Vrai Coton en était une de groupe, avec des éclats de rire et beaucoup de vent qui soulevait nos chevelures et nos camisoles dans la lumière pêche et rose du décor. J'étais la seule à être immobile au milieu de la mêlée, les yeux fermés, parce que je n'appréciais pas du tout le courant d'air glacé sur mes cornées, déjà trop sensibles, probablement à force de fixer l'écran de la télévision sans ciller. Je donnais peut-être l'impression de méditer, mais la vérité c'est que je n'avais aucune idée de ce que je devais faire.

Camille, qui allait devenir mon agente, était également sur place. À la fin de la séance, elle s'est présentée et m'a complimentée sur mon calme et mon naturel. En trois ou quatre phrases, elle m'a persuadée de me joindre à l'Agence M. Elle s'est ensuite avancée vers mes parents, qui m'attendaient dans le vestibule du local, et a réussi à les convaincre, eux aussi. Ils n'ont certainement pas compris ce que ça pouvait signifier, devenir mannequin. D'ordinaire, mes parents auraient flairé une arnaque ou ils en auraient inventé une pour se donner raison ; mon père aurait immédiatement levé le ton pour déstabiliser Camille et lui faire comprendre qu'il n'était dupe de rien. Ma mère se serait défilée sans trop répondre, ou en marmonnant merci, c'est bien gentil, mais je ne suis pas certaine. Peut-être s'imaginaient-ils que j'allais poser pour des publicités sympathiques, avec un tube de dentifrice ou un petit chien et son assiette de moulée. Ou peut-être étaient-ils encore en décalage, médusés que leur progéniture se soit distinguée pour quoi que ce soit.

Pour ma part, j'avais quatorze ans et ma transformation en image me semblait tout aussi naturelle et prévisible que la puberté.

*

Je n'avais rien d'une star flamboyante, mais sur photo j'avais cette qualité précieuse qui allait me permettre de faire carrière à l'international : je semblais inaccessible, sans émotion aucune, sans véritable présence, comme les mannequins de vitrines. Je ne jouais pas, je ne posais pas ; le photographe m'indiquait où m'installer et j'entrais dans le cadre photographique comme un objet déposé sur un socle. Je levais les bras lorsque les manches du vêtement l'exigeaient, je me tournais de profil pour mettre en valeur ma coiffure ou la ligne d'une robe. Mais la plupart du temps je bougeais peu ; je respirais à peine. Lorsque je devais poser de manière frontale et observer l'appareil photographique, je plongeais immédiatement dans l'état hypnotique qui caractérisait mes longues séances devant la télévision.

Mon premier contrat avec l'Agence M consistait à porter des bijoux et à regarder droit devant moi. La photographie choisie s'était retrouvée dans le magazine *Clin d'œil* et au-dessus de quelques tourniquets à boucles d'oreilles dans une chaîne de boutiques d'accessoires à petit prix. Je portais un rouge à lèvres orange fluo, on m'avait tracé un jeu de lignes vertes sur les paupières et des cœurs de plastique rouge pendaient au bout de mes lobes. Mes cheveux étaient à moitié oxydés et crêpés en boule au-dessus de mon front. Je peinais à reconnaître mes traits sous le maquillage. Or, les cernes bruns sous mes yeux et sous mon nez avaient disparu. J'étais couleur crème, de la pointe des cheveux au menton, de manière tellement uniforme que ma peau ressemblait à de la mélamine. Mes iris apparaissaient beaucoup plus pâles, aussi. Je n'étais plus moi du tout. Ça me plaisait.

Mon père a haussé les sourcils d'ennui et poussé un soupir exaspéré en voyant l'image pour me signifier que ces histoires de maquillage et de bijoux ne l'intéressaient pas. Ma mère m'a assuré du bout des lèvres que c'était bien fait, que j'avais l'air professionnelle.

Après, pendant deux ans, j'ai accepté d'être maquillée n'importe comment, de porter n'importe quoi, de poser n'importe où. Je n'avais aucun intérêt pour la mode en soi, je n'avais aucun goût particulier pour quelque style ; je me disais que c'était une question de maturité, que j'allais certainement découvrir plus tôt que tard l'urgence d'un désir capillaire, ou m'approprier une teinte de rouge à lèvres pour me définir. Or, au contraire, j'ai bien vite cessé de me préoccuper de mon image ; d'autres s'en chargeaient mieux. Je n'avais rien à dire, presque rien à faire. Je travaillais quelques heures par mois, à peine. Ma mère m'accompagnait, sans se plaindre, mais sans rien dire non plus. Certaines mères conduisaient leur fille à la piscine ou à l'école de danse, la mienne patientait en fumant la moitié d'un paquet de cigarettes tandis qu'on déplaçait les *softboxes* pour capter le lustre de mon profil qui servait à vendre du fixatif à cheveux, des lunettes de soleil, de la poudre bronzante. Je posais pour illustrer le printemps, avec des fuites de lumière jaune traversant mes cheveux, ou l'hiver, avec une tuque et des mitaines camouflant mes joues. J'ai même illustré les plaisirs de l'eau, le visage sans expression, les yeux fermés, la bouche ouverte, les cheveux mouillés plaqués sur le crâne, du gloss bien épais sur les lèvres et des centaines de gouttelettes d'eau roulant sur ma peau huilée.

J'accumulais des dizaines d'images dans mon portfolio, que je contemplais ensuite avec le même contentement ravi que j'éprouvais en rassemblant ma collection de portraits d'Olivia.

J'apprenais à me collectionner moi-même.

*

Plus je devenais une image, plus le décalage était éprouvant entre mon quotidien dans un bungalow du vingtième siècle et l'éclat de ma présence méconnaissable sur papier ou sur les panneaux de publicité.

Je n'avais plus d'amies du tout. Entre mes contrats, j'étais isolée dans le nuage de fumée de la maison, devant mon propre téléviseur, à quelques mètres seulement de celui de mon père, qui buvait de plus en plus et qui provoquait chaque jour de nouveaux conflits avec ma mère.

J'avais envie de fuir. Mais je restais pétrifiée dans ma chambre. Parfois, j'osais sortir pour aller prendre l'air en faisant le tour du domaine. Je voyais alors des enfants qui ne savaient pas encore parler s'éloigner de leur carré de sable, courir loin de leur mère et tenter de rejoindre la rue ; je voyais leur ferme intention de se dérober, de se rebeller, d'imposer leur volonté. Ce que je n'avais jamais réussi à faire. À trois ou quatre ans, j'avais déjà l'impression que la fuite était une façon de m'exposer, d'activer une poursuite que j'allais perdre, et que de toute manière j'allais me retrouver immobilisée à nouveau, remise à ma place, peut-être même privée de télévision pour avoir osé m'en éloigner.

Pendant les incessantes querelles de mes parents, je me déplaçais à vitesse reptilienne. Je connaissais la routine. La bouderie initiale de ma mère, qui évitait du regard mon père lorsqu'il avait quelque chose à raconter, une histoire de grief et de syndicat, d'heures supplémentaires payées en trop ou d'ancienneté compliquée. J'en savais très peu sur le métier de mon père ; il se bornait à expliquer aux voisins suffisamment effrontés pour lui poser la question qu'il supervisait une bande d'abrutis protégés par des conventions en or, mais qui ne savaient pas qu'ils avaient tous la tête dans le cul. Mon père revenait du travail exaspéré, avec des histoires d'abus de temps de pause, de refus de tâches, de conflits avec les ressources humaines, et ma mère hochait la tête ou haussait les sourcils entre deux gorgées de vin. Lorsqu'elle lui tournait le dos pour observer le réfrigérateur, les bras croisés ou une main frottant doucement son front, je savais que j'avais très peu de temps pour disparaître sans bruit dans ma chambre, et je commençais alors à ramper, tranquillement. Il allait être question des absences répétées de mon père, de sa manie de boire jusqu'à perdre la raison, de l'ennui de ma mère, qui passait ses journées et ses soirées à l'attendre, du fait qu'ils ne faisaient plus rien ensemble jamais. Mon père hurlait sa charge de responsabilités, son besoin de décompresser, il hurlait le coût de l'hypothèque et le prix de la fournaise à changer, et si ça ne suffisait pas, il hurlait qu'il n'avait pas le choix d'en faire plus, que ma mère était complètement déconnectée de la réalité, qu'elle n'avait qu'à s'inscrire à des ateliers de macramé pour se désennuyer. La suite était inaudible pendant trois ou quatre minutes, parce que ma mère rugissait tellement fort que ses paroles se perdaient dans une longue dissonance. Et pendant tout ce temps, j'étais camouflée dans mon placard, à m'imaginer courir très loin de la maison, le plus vite possible, jusqu'à m'envoler pour rejoindre un autre espace-temps.

*

Et puis un jour, j'y suis parvenue.

Quelques semaines avant mon seizième anniversaire, ma mère a fait une fausse couche en matinée ; elle a bu une bouteille de vin dans la salle de bain, ou peut-être deux, et dès que mon père est rentré, au milieu de la soirée, elle lui a annoncé qu'elle allait demander le divorce. Puis elle est sortie faire le tour du pâté de maisons en fumant une cigarette.

J'étais dans ma chambre, au sous-sol. J'ai tout entendu. La porte qui claque, les talons de ma mère contre l'asphalte, le bruit d'un verre déposé lourdement sur le comptoir, le grincement de la porte de l'armoire où se trouvait la bouteille de gin. Puis le silence. Un vrai silence. Mon père devait être immobile devant le comptoir de la cuisine, avec dans une main la bouteille, dans l'autre une cigarette. Un peu plus tard, je l'ai entendu se déplacer au-dessus de ma tête, descendre l'escalier qui menait à ma chambre. Dépasser ma porte fermée sans s'arrêter. Se rendre dans le débarras. Puis, en un seul bruit, j'ai su. Un long son, avec des modulations. Celui d'une fermeture éclair. Il ouvrait son étui à carabine. J'ai entendu la cascade d'éclats de métal rebondissant sur son établi, alors qu'il vidait sa boîte de cartouches pour charger son arme.

Mon père allait à la chasse au chevreuil chaque automne.

Nous étions en juin.

J'étais à un mètre de la porte de ma chambre, l'escalier se trouvait immédiatement à côté avec, un peu plus haut, une porte pour sortir dans le stationnement.

Je n'entendais plus rien.

J'ai imaginé qu'il pointait son arme sur moi, à travers la mince feuille de similibois qui nous séparait.

Et sans plus réfléchir, sans plus avoir le contrôle de mes gestes, le cœur qui battait jusqu'au bout de mes pieds, j'ai fui.

J'ai couru dans la rue en cherchant ma mère, j'ai fait le tour du domaine pour la trouver. Tout le tour, jusqu'à revenir à mon point de départ. J'étais revenue à trois maisons de la nôtre. Et je l'ai vue s'engager dans l'allée, atteindre le perron. Entrer dans la maison. J'avais l'impression de m'être transformée en un cœur géant qui déformait la réalité autour en battant. Je ne réussissais plus à voir la porte tellement ça cognait fort partout en moi, même dans mes yeux. J'ai marché lentement, jusqu'à la maison, mais je suis restée au milieu de la rue. Et puis j'ai entendu.

Un coup.

Une détonation, très forte. Mais apparemment trop sourde pour alerter les voisins, qui regardaient au même moment des fusillades policières agrémentées de musique rock à la télévision.

Personne n'est sorti sur son perron.

Sauf ma mère. Qui pleurait.

Elle s'est allumé une cigarette et a fait un nouveau tour du pâté de maisons. J'ai marché à ses côtés. Elle n'a rien dit. Je n'ai rien demandé. Je l'ai ensuite suivie à l'intérieur de la maison ; j'ai entendu en même temps qu'elle les ronflements de mon père, qui dormait déjà dans leur chambre. Pendant qu'elle se servait un grand verre de vin, je suis descendue au sous-sol. Je voulais savoir ; j'ai vu. Un trou, dans le plancher de béton. Un cratère, gros comme ma tête. Ma mère est arrivée derrière moi, avec sa cigarette et son verre de vin. Je lui ai demandé dans un murmure s'il fallait appeler la police. La question me brûlait le cerveau depuis que j'avais entendu le son de la fermeture éclair. Ma mère m'a jeté un regard indigné. Je venais de l'insulter. Elle a planté ses yeux dans les miens et m'a murmuré : la police n'a rien à voir là-dedans, c'est une niaiserie, on ne va pas en faire toute une histoire. Je n'ai rien répondu, mais elle a probablement senti le mouvement de plaques tectoniques, en moi. J'étais encore terrifiée, et je me sentais subitement trahie. L'arme était là, au sol. À quelques mètres du bar, plein de bouteilles dont mon père allait ingurgiter tout le contenu dans les prochains jours. Nous savions toutes deux à quel point il pouvait perdre la raison et ne plus se souvenir, le lendemain, de ses actes. Et pourtant, elle persistait à nier le danger.

J'ai eu l'impression, ce soir-là, qu'elle venait de choisir son camp.

Je ne savais alors rien du chantage émotif ni de la difficulté de dénoncer la violence conjugale ou des trop nombreux ratés de la police. J'avais vécu jusque-là dans une logique binaire hollywoodienne : mon père était le vilain. Il y avait forcément un superhéros pour venir l'anéantir et nous sauver, avec un *happy ending* prévisible, en moins de quatre-vingt-dix minutes. Or, ma mère venait de rejoindre le clan obscur. Elle a ajouté d'un ton presque tranquille : c'est facile à réparer ; ton père va arranger tout ça.

L'Agence M m'avait proposé la semaine précédente un séjour à Paris pour participer à une tentative d'élargissement de son marché. J'avais d'abord refusé, dans un élan d'anxiété généralisée. Mais à l'aurore, le lendemain du coup de feu de mon père, après une nuit d'insomnie, j'ai fui. J'ai pris l'autobus, le métro, et je me suis rendue à l'agence. J'étais prête à partir. Je comprenais que ma mère allait tenter d'oublier l'incident, l'amoindrir, reprendre sa routine. Je savais aussi que la peur d'être abattue par mon père n'allait plus me quitter. Que je n'allais plus réussir à dormir tranquille sous son toit. Et je lui en voulais. À elle. De m'obliger à choisir.

Entre la fuite et le déni.

*

En 1986, peu après le passage du nuage radioactif de Tchernobyl au-dessus de Paris, j'étais là, dans le ciel gris de la France, à tenter d'apercevoir l'Europe à travers le hublot du tout premier avion que je prenais.

Je ne savais rien de l'accident nucléaire avant de quitter l'Amérique, mais j'allais en entendre parler dans les heures suivantes, au moment de m'installer dans ma chambre. L'Agence M avait accès à un appartement dans le onzième et les mannequins y étaient hébergées pendant leurs contrats à Paris. Le logis, un grand penthouse qui appartenait à une aristocrate anglaise que je n'ai jamais rencontrée, avait été réaménagé au début des années soixante-dix pour créer sept chambres contenant chacune deux lits superposés. Pendant les défilés, une quinzaine de filles s'y entassaient ; le reste du temps, le roulement était incessant, avec, toujours, six ou sept mannequins en résidence. On ne savait pas trop combien de temps allait durer l'hospitalité de la dame. C'était apparemment un repaire connu depuis le début du vingtième siècle ; pendant des décennies, des artistes de cabaret venus de partout avaient trouvé refuge entre ces murs.

Le matin de mon arrivée, deux filles discutaient de l'accident de Tchernobyl. L'une affirmait que la radiation allait bientôt se propager jusqu'à Paris. L'autre répliquait que nous allions tous être contaminés, tôt ou tard. Je venais d'atterrir sur un territoire abritant plus de cinquante réacteurs nucléaires qui pouvaient eux aussi exploser et désintégrer toute la France, mais cette menace était apparemment moins horrifiante que celle du sida, dont j'entendais également parler pour la première fois, et qui, selon mes voisines de chambre, tuait de manière plus pernicieuse et lente, en liquéfiant l'organisme de l'intérieur. Un simple baiser pouvait nous contaminer. Leur jacassement s'est amplifié. J'entendais par les fenêtres ouvertes le bruit des sirènes d'urgence, des éclats de voix et de rire, des klaxons et quelque chose comme un bourdonnement de fond. Je ne connaissais rien à la vie urbaine. Et Paris était infiniment bruyante à mes oreilles.

Pendant quelques instants, j'ai senti monter l'anxiété. Trop d'informations en trop peu de temps.

Avant même que j'aie défait ma valise, mon mécanisme de retrait s'est activé. Les œillères et les bouchons d'oreilles ont surgi. J'ai cessé de prêter attention à ce qui m'entourait. Avec l'intention de me transformer en véritable image, sourde et aveugle à l'espace-temps hors du cadre photographique. J'avais réussi à fuir le bungalow de mes parents. J'étais maintenant hors d'atteinte pour tout le reste. J'ai fait semblant d'être épuisée et, sans plus m'intéresser aux propos de mes voisines de chambre, je me suis isolée sous mes draps avec mon walkman. Pour écouter en boucle le nouvel album de Madonna, *True Blue*.

De toute manière, il était hors de question que je laisse qui que ce soit m'embrasser; cette histoire de sida n'était qu'une brique supplémentaire dans le mur intérieur que je me construisais pour me protéger des autres. Et la perspective d'être désintégrée avec l'ensemble des Européens par des radiations nucléaires me semblait plus douce que celle d'être abattue d'une balle dans la tête, entre le regard ivre de mon père et celui, résigné, de ma mère.

Je suis arrivée à Paris l'été de mes seize ans.

Je suis repartie huit ans plus tard.

*

La plupart des mannequins détestaient le penthouse, qui ressemblait à un chantier de rénovation inachevé, avec ses murs blanc mat couverts de marques et de trous. Il n'y avait ni mobilier, ni décoration, ni plantes. La cuisine semblait inhabitée, avec ses armoires vides. On y trouvait seulement une bouilloire, quelques tasses, du thé en sachets, et une cargaison constamment renouvelée de substituts de repas en barres et en poudre, saveurs vanille, chocolat et cappuccino. C'est devenu l'essentiel de mon alimentation. Au-dessus de l'évier, une liste des règlements était épinglée directement au mur. Il était interdit de fumer dans le penthouse et d'y héberger des animaux. On ne pouvait pas y inviter qui que ce soit non plus. De toute façon, le salon était minuscule, avec un seul canapé-lit et une télévision qui remplissait l'espace. La salle de bain avait été réaménagée à la manière d'un vestiaire sportif, avec de multiples toilettes et douches sous un éclairage au néon un peu trop violent. On trouvait un peu partout des magazines de mode, en piles sur le sol, éparpillés dans le corridor, la plupart à moitié déchirés. Les filles y exprimaient leur ressentiment à coup de griffonnages, de phrases-chocs au-dessus des visages ou des lignes de vêtements qu'elles détestaient. Le *September Issue* de *Vogue*, la bible annuelle de la mode, se transformait quelques jours après son arrivée au penthouse en album graphique qui évoquait l'esthétique des graffitis et du *street art* du quartier Kreuzberg à Berlin. Et quand le barbouillage ne suffisait pas, les filles arrachaient des pages dont elles avaient honte pour les rouler en boule et les jeter par l'une des grandes fenêtres du salon. Il n'y avait rien d'autre dans le penthouse. La salle de lavage se trouvait au sous-sol de l'immeuble, dans un local humide et trop peu ventilé. Pour utiliser le téléphone, il fallait se rendre à la conciergerie, au rez-de-chaussée. Les appels interurbains étaient limités à moins de cinq minutes. Le bruit en général n'était pas toléré, et le silence obligatoire après 23 h. Ça ressemblait peut-être à un centre de détention. Mais avec un club vidéo à deux pas. Et une bibliothèque un peu plus loin.

    C'était parfait, pour moi.

Le plus souvent, j'étais seule dans ma chambre. Dès la première semaine, je me suis acheté une télévision, un lecteur de vidéocassettes, une paire d'écouteurs et trois oreillers. J'ai installé la télévision au bout de mon lit ; avec les oreillers, j'ai composé un semblant de sofa. J'y passais tous mes temps libres. J'entendais bien sûr les conversations des filles de passage qui visualisaient déjà leur propre loft avec des drapés et un *walk-in* assez grand pour y ranger des centaines de paires de souliers et les créations des plus grands designers.

Moi, je ne voulais rien de tout ça.

Je savais bien que j'allais devoir un jour me louer un appartement, que c'était ce que faisaient les adultes. Mais l'idée d'avoir à occuper l'espace d'un logement entier m'apparaissait comme une hérésie. C'était trop vaste, trop plein de matière. Je préférais tolérer les étrangères avec qui je devais parfois partager ma chambre que de revenir au pays pour apprendre à devenir autonome. D'autant plus qu'une femme de ménage venait trois fois par semaine pour nettoyer la salle de bain, veiller à l'inventaire de substituts de repas et remplacer les draps. La simple gestion de mon lavage personnel m'apparaissait comme une épreuve insurmontable, même si c'était ma seule responsabilité.

J'avais, déjà, une incapacité à m'intéresser à mon environnement immédiat.

Et pourtant, je racontais exactement le contraire à ma mère, que j'appelais une fois par semaine les premiers temps, puis de moins en moins régulièrement. Je prétendais que je savais tout faire, que tout allait bien, que j'appréciais l'expérience de l'Europe, que je me faisais beaucoup d'amis. Elle me répondait d'un ton neutre que j'avais beaucoup de chance, qu'il fallait que j'en profite. Quand je pensais à elle, je la voyais installée à la fenêtre du salon, le regard perdu au loin, et je me disais que je me trouvais exactement là où elle regardait. Et parfois, ça suffisait à réduire mon sentiment de culpabilité d'avoir fui toute seule la menace qui nous guettait toutes deux.

*

J'acceptais tous les contrats que l'Agence M me proposait pour étirer le plus longtemps possible mon séjour à cinq mille cinq cents kilomètres de mes parents. La quantité de projets nécessitant des mannequins dépassait largement l'univers de la mode. Il y avait des images partout. Et un renouvellement constant, dans tous les domaines d'activité. Je posais pour des brochures d'entreprises, des produits pharmaceutiques, des pubs alimentaires ; j'étais le pied d'un pansement, le sourire d'un centre de dentisterie. Au bout de trois mois, l'offre était exponentielle ; mon entière disponibilité pouvait être mise à profit. J'étais contente qu'on me propose de rester pour une période indéfinie.

À Paris, j'ai vraiment appris à m'immobiliser de manière continue. Je n'avais pas envie de découvrir la ville. Le pavé uni dans les rues, à lui seul, m'indisposait. Je détestais marcher dessus ; j'avais immédiatement mal aux jambes. Il y avait beaucoup trop de textures sur les murs, trop de proximité entre les édifices, trop de fioritures de toutes sortes ; ça m'étouffait. Je mesurais alors à quel point mon enfance passée dans un domaine de bungalows, avec entre chacun suffisamment d'espace pour faire entrer trois immeubles de Paris, et la lisse continuité de l'asphalte entre les entrées de stationnement, les rues et l'autoroute avaient formaté ma perception de l'environnement. Je ne savais pas apprécier les structures quasi organiques de la vieille Europe. Tout me semblait chaotique ou sur le point de s'effondrer. Mon œil cherchait constamment des lignes droites et n'en trouvait aucune. Je pouvais sortir du penthouse pour prendre un taxi et patienter jusqu'à destination, la plupart du temps un studio de photographie ; je pouvais patienter encore pendant la longue séance de maquillage, de coiffure et d'habillage ; me déplacer ensuite de quelques mètres pour aller me statufier sous les projecteurs aussi longtemps que nécessaire.

Mais je ne savais pas bouger dans l'espace.

Ou si peu.

Ma profession d'objet quasi statique me convenait. Mon art de vivre consistait à passer le plus de temps possible en mode passif, comme si je n'existais déjà presque plus hors de l'image.

La mode des mannequins à l'allure de cadavres allait bientôt dominer le marché, et j'allais passer des heures allongée sur des planchers sales, ou entourée de déchets dans des décors de ruelle, ou étendue sur des pare-brise de véhicules de luxe accidentés. J'allais aussi être choisie pour incarner de nombreux épouvantails dans des paysages apocalyptiques ou des créatures semi-androgynes, semi-extraterrestres, coincées dans des assemblages de papier d'aluminium fripé, où des reflets de lumière verte ou jaune venaient compléter la démesure d'étrangeté hallucinée propre aux années quatre-vingt.

J'étais comblée par ces moments sacrés où je découvrais mon visage complètement transformé par le maquillage et la lumière, sous des slogans publicitaires en langues étrangères que je ne comprenais pas, mais qui m'apparaissaient toujours comme des odes écrites pour ce personnage que j'incarnais, mais que je ne connaissais pas, que je ne retrouvais jamais dans le miroir.

Il suffisait que je passe le plus de temps possible à observer ces extensions virtuelles de ma présence au monde pour qu'elles réussissent, peut-être, à remplacer pour de bon l'enfant coincée dans sa banlieue morose.

Je savais que mon temps était compté comme mannequin ; j'étais consciente de la forte demande que mon absence d'expression suscitait et je pouvais déjà calculer que ma fortune croissante allait me permettre, bientôt, de m'isoler devant un immense écran de télévision sans plus me soucier du monde extérieur, et encore moins de ma famille.

DE L'IMMORTALITÉ

Entre le coup de feu de mon père et l'éclatement de notre relation, il s'est écoulé moins d'une décennie. Je revenais au pays une ou deux fois par année, la plupart du temps pour un très court détour avant de me rendre à New York.

Ma chambre était telle que je l'avais laissée, mais il était hors de question que je passe une seule nuit supplémentaire avec mes parents. Je leur rendais alors visite par principe, avec toujours la crainte d'une catastrophe. Quand je m'installais dans le nuage de fumée qui stagnait dans la cuisine, j'entrais immédiatement en état d'anxiété. Je les voyais vieillir en accéléré, tousser en continu, avec un même teint gris qui laissait transparaître les maladies à venir. Dix minutes à la maison et je n'en pouvais plus. Ni de la fumée, ni de leur lourdeur, ni de la pauvreté de nos sujets de conversation. Une fois sur deux, mon père venait me saluer d'un geste froid de la tête avant de retourner s'installer devant sa télévision. Lorsqu'il était déjà saoul et de bonne humeur, il s'asseyait à la table de la cuisine pour discuter quelques minutes. Il était alors question de souffleuse ou de tondeuse, du bruit pendant la réfection du toit du voisin, du déménagement d'un autre, de la fournaise à changer, peut-être pour une thermopompe, des fissures du solage qu'il fallait surveiller. De fenêtres toujours sales à laver. Du prix des cigarettes, moins chères chez les Indiens. Je faisais semblant de le trouver intéressant, je simulais de grands fous rires, je posais des questions insignifiantes sur le voisinage et je repartais le plus vite possible, souvent moins d'une heure plus tard, sans avoir rien raconté de mes contrats. Et chaque fois je me promettais que c'était la dernière. Rien ne m'obligeait à revenir.

J'étais dégoûtée par mon hypocrisie. Par cette manière que j'avais de faire semblant que j'avais oublié son coup de feu.

Alors que la détonation était intacte, en moi.

La perspective de revoir mon père après toutes ces années m'inquiète tout autant que l'hospitalisation de ma mère. Je l'imagine boursouflé de graisse et de haine, comme lors de notre dernière rencontre, semblable à Jabba the Hutt, avec le même regard fou, la gestuelle lourde et menaçante. Je ressens encore la morsure vive de ses dernières insultes.

Et plus les heures passent, plus je résiste. Je ne peux pas me rendre à l'hôpital et me retrouver face à face avec lui. J'ai beau me répéter que ma mère est à l'urgence, qu'elle va peut-être mourir d'une minute à l'autre. Ça ne fonctionne pas. Impulsion zéro. Aucun ressort. Aucun élan. Rien.

Alors je m'installe sur mon tapis de travail. Je traverse en réalité virtuelle, en catastrophe. Je retrouve Anouk, encore assise au sol. J'improvise rapidement. Je choisis la première pose du fichier que je viens de recevoir, *Germination_1*.

Anouk se roule instantanément en boule, couchée sur son flanc droit. Une épaule semble émerger du cou; je l'ajuste. Je fais disparaître tous les projecteurs et la lumière ambiante, je déplace la seule source de lumière juste au-dessus de son dos, je réduis l'intensité, je filtre en bleu. J'assombris la teinte, jusqu'à générer une obscurité nocturne presque totale. J'observe. C'est trop propre. J'ajoute un ensemble d'ecchymoses et de plaies sur le corps d'Anouk, des taches de boue sous ses pieds, j'augmente le degré de brillance de sa peau pour faire ressortir les détails du sang dans la pénombre. J'enfonce sa tête dans le nœud de ses bras. Et j'y suis. La composition fonctionne. Le titre me vient immédiatement :

Will We Ever Be Immortals?

J'assemble une boîte noire qui détermine la zone de circulation dans l'image en réalité virtuelle. Je choisis un espace plus vaste que d'ordinaire pour la chambre d'immersion, dix mètres sur vingt, pour bien mettre en relief la solitude d'Anouk ; j'effectue un rendu de la scène ; je publie en ligne l'image brute, sans aucun travail d'édition.

Et je reste là. Dans cet état qui survient quelques instants après avoir achevé une image. Un court moment de parfait silence, en moi. De quiétude, peut-être.

Je reste là, entre trois dimensions.

Celle de mon atelier, où mon corps de chair se tient, celle de mon studio virtuel, où mon corps numérique maintient la pose qui a servi à créer l'image, et celle de ma galerie en ligne, où cinq avatars viennent d'apparaître. Ils commencent à circuler autour de la composition. Le compteur de favoris démarre. Vingt-trois étoiles dans les deux premières minutes de mise en ligne. Et les commentaires surgissent. *With you, sweetie. Hold on in there.* Je vois clignoter des émoticônes qui m'offrent un *hug*. Une dizaine de mes *followers* copient-collent et alignent le même *hug*, créant un chœur de tendresse solidaire. Des minets entrent dans la mêlée avec de grandes larmes en forme de cœurs qui roulent sur leur moue émue. J'entends des bruits de bisous. Ça me calme. Les réactions vont se multiplier pendant au moins deux heures, le temps de me rendre à l'hôpital et d'en revenir. Je réduis le compteur de favoris et le fil de commentaires dans le coin inférieur gauche de mon masque, j'active mon clan d'accompagnement et je réussis à ouvrir la porte de mon appartement, puis à m'avancer dans le corridor désert, avec les X-Men qui ouvrent la marche et les Dalton qui me protègent derrière. Pendant la descente en ascenseur, Obélix fait la description du meilleur sanglier qu'il a dégusté, la veille. Cinq minutes plus tard, j'entre pour la première fois dans un autonomat en libre-service ; Batman s'installe sur le toit du véhicule, debout, les poings sur les hanches, impassible. C'est une petite cellule deux places, le plafond est à bonne hauteur ; le siège, confortable. Le départ se fait en douceur. Dans le coin inférieur droit de mon masque, je fixe le point bleu qui marque mon emplacement sur la carte. Je sais où je suis ; je sais où je vais. Je peux me rendre. Et je me le répète, en boucle. Mais ça ne suffit pas à calmer mon anxiété. Je dois composer avec un nœud au thorax et des vagues de vertige. L'autonomat me dépose à l'entrée de l'hôpital avant d'aller s'immobiliser dans le stationnement, en attente de ma prochaine commande. Et je reste là, le cœur au bord des lèvres. Je tente de me convaincre que l'épreuve sera courte.

Je visualise ce que je dois faire, en m'imaginant fluide dans mes mouvements, rapide, assurée. Marcher vers l'entrée de l'urgence ; distinguer déjà la foule au loin. Ramener mes yeux au sol, juste devant le jeu de pieds qui me fait avancer, en écoutant le babillage insignifiant d'Averell Dalton, qui a tout aussi faim qu'Obélix. Reste à chercher du coin de l'œil le kiosque d'information, à m'en approcher sans m'arrêter, avec tout mon clan.

Il me suffit de percevoir les lieux que je traverse comme autant de scènes d'un vidéoclip, de me faire caméra, œil abstrait, pour n'apercevoir que la présence dynamique des gens, avec un décor de couleurs et de formes mouvantes ; je dois me convaincre qu'ils ne sont pas vraiment là, qu'il n'y a que des images, dans un environnement virtuel. Je m'invente que je suis encore sur mon tapis de travail, dans mon atelier.

Que toute cette scène à l'hôpital est un simulacre, en trop haute définition.

J'ai toujours su prendre mes distances, jouer le spectre devant l'écran, l'ombre imprécise dans la mêlée à l'école. Pendant mon mannequinat, je ne pouvais m'empêcher de disparaître entre les séances photo, ou de me faire silencieuse dans le vacarme des coulisses des défilés. J'ai appris plus tard que c'était une de mes plus grandes qualités. Les designers adoraient les mannequins *low maintenance*, comme moi, qui prenaient le moins de place possible, qui savaient s'immobiliser, muettes, sans états d'âme, sans démesure émotionnelle pendant toute la durée de l'habillage, du maquillage, de la coiffure. Ils toléraient les caprices de quelques stars, mais il valait mieux que la masse des mannequins professionnels dont je faisais partie n'exprime rien du tout, ni admiration, ni crainte, ni dépréciation ou appréciation de quelque coiffure ou accessoire. Pour persister dans le monde de l'image, il fallait tout embrasser de sa fixité. Le moindre abus pouvait accélérer le flétrissement de la peau ; les éclats de rire forçaient les ridules en rides permanentes, la consommation d'alcool altérait toutes les fonctions, mais surtout le sens de l'équilibre, indispensable sur les passerelles. Pour être choisie à répétition et accéder à l'immortalité par l'image, il importait de trouver le moyen de ralentir ses fonctions vitales, d'opter pour une forme d'immobilisation globale, en silence, en attente du prochain déclenchement d'obturateur.

Et cette manière que j'avais d'être constamment absente, d'éviter les regards et les échanges, était perçue comme une marque de respect et de professionnalisme. Je ne posais pas de questions et je répondais à celles qu'on m'adressait avec de brefs gestes de la tête ou des monosyllabes; j'évitais les mouvements brusques, j'étais docile et passive, flexible et mutable. Je comprenais intuitivement les règles de l'art. J'ai vu des mannequins plus grandes, plus minces, avec une démarche plus féline être congédiées après deux ou trois défilés pour avoir été trop exubérantes, trop agitées, trop reconnaissantes d'être là, pour avoir fondu en larmes en se retrouvant face à face avec une légende de la mode ou de la photographie.

De mon côté, je n'avais pas à simuler mon détachement; je ne connaissais pas le tiers des grands couturiers qui me faisaient défiler. J'écoutais les consignes et je m'exécutais, puis je quittais les lieux immédiatement, pour éviter les *get-togethers*, les beuveries, les déplacements vers des fêtes privées, les orgies, les *after-hours* avec, toujours, l'excuse d'un repos obligatoire à la préparation du contrat suivant. Mais la vérité, c'est que je préférais découvrir l'étalement de jeunesse et de richesse, les déviances sexuelles et autres manifestations du vice contemporain à travers l'œil cinématographique, bien emmitouflée dans mes couvertures et statufiée sous un masque d'argile.

*

Au penthouse, à Paris, je savais sourire et hocher la tête pour saluer celles que je croisais à la salle de bain, mais je me promenais avec mon walkman et les yeux rivés au sol pour éviter tout contact supplémentaire.

Il m'arrivait cependant de passer du temps avec Camille, qui me guidait dans le dédale de séances photo, de défilés et autres contrats. Elle était mon seul point de repère humain.

Camille venait de terminer sa maîtrise en histoire de l'art et de quitter l'université, mais l'envie de poursuivre des études au doctorat la tiraillait. Elle empilait ses livres sur le comptoir de la cuisine du penthouse et, souvent, j'en ouvrais un au hasard pour lire quelques extraits. Les mots me semblaient compliqués, voire illisibles. *Maniérisme, néoclassicisme, surréalisme*, je tentais de comprendre ce que tout ce lexique étrange pouvait bien signifier.

Or, les œuvres que je découvrais me stupéfiaient.

Alors que je devenais moi-même un modèle, les manuels d'histoire de l'art rassemblaient des images de filles de tous les continents, du même âge que moi, qui avaient pris la pose pour ensuite traverser les siècles et venir à la rencontre de mon regard. Et j'étais estomaquée par l'intensité de leur présence. Par cette manière qu'elles avaient toutes de me raconter l'histoire de l'humanité et de son imaginaire. Et, surtout, sa quête d'un idéal.

Je passais des heures à observer ces visages parfaits, figés dans la peinture ou coulés dans le bronze, qui me semblaient appartenir à un autre règne du vivant.

Les premiers visages du sublime, murmurait Camille, avant de replonger dans ses écrits savants où elle tentait de cerner l'évolution de la représentation de l'absolu féminin.

*

Camille était mon aînée d'une quinzaine d'années. Au premier regard, elle avait une apparence effacée. Cheveux ni bruns ni blonds. Visage aux traits moyens, réguliers; des yeux gris, ou peut-être pers. Ni mince ni potelée. Mais petite. Très petite même, dans notre monde de géantes. Elle avait toutefois cette manière de se tenir, un débit, une gestuelle qui imposaient un respect immédiat. Tout en elle était nouveau pour moi. Ses réflexions sur le monde, sur l'art, sur la beauté dessinaient des perspectives inédites. Avec elle, l'amour de l'image n'était plus une déviance et la confirmation d'un esprit superficiel, mais au contraire l'indice d'une quête supérieure, d'un désir d'élévation, d'intelligence, d'harmonie, de dépassement.

Or, ce que j'appréciais le plus d'elle, peut-être, c'était cette façon de discourir sans jamais me poser de questions. C'est à peine si elle me regardait. Elle avait beaucoup à dire et j'avais tout à apprendre ; je n'avais rien d'autre à lui offrir que mon oreille attentive. Elle comprenait que je savais réfléchir, mais que je n'avais aucune envie d'exprimer ce qui m'animait. Très vite, j'ai constaté que je n'avais rien à craindre d'elle, que nous allions établir une relation parfaitement unidirectionnelle, et j'ai pris l'habitude de m'installer à ses côtés, de patienter jusqu'à ce qu'elle parle, comme si elle était une chaîne télévisuelle vivante.

Au moment de notre rencontre, elle venait de rompre avec son amoureux qui ne pouvait plus composer avec son mode de vie, de plus en plus contraignant, selon lui. Je n'aurais jamais posé la question, mais d'autres mannequins ont voulu savoir, parce que tout le monde s'intéressait à Camille. Il suffisait d'une minute ou deux au salon du penthouse pour qu'une conversation animée par Camille réussisse à créer un échange entre les étrangères de passage, qui, autrement, seraient restées isolées sous leur casque d'écoute de walkman. J'ai donc su dès ma première semaine à Paris que Camille se réclamait du mouvement *straight edge*, une sous-culture du punk hardcore. J'avais toujours associé les punks aux rebelles à mohawks verts sur la tête, avec *chockers* de cuir, *studs*, Dr. Martens dix trous, mais Camille incarnait plutôt une souche réactionnaire, plus intellectuelle, avec son rejet des valeurs des baby-boomers, une rébellion qui s'exprimait d'abord par une abstinence d'alcool, de drogues et même de médicaments. Comme je détestais déjà l'alcool et la cigarette, que j'associais à la folie de mon père, et que je craignais tout le reste depuis que j'avais lu *Moi, Christiane F., 13 ans, droguée, prostituée…*, j'étais d'emblée en accord avec cette philosophie de vie. Dont j'allais désormais me réclamer.

*

Quatre mois après mon arrivée en France, Camille m'a invitée au Louvre. C'était la première fois que j'entrais dans un musée. Elle m'a alors initiée à l'histoire de l'art, une œuvre à la fois. À cette quête de représentation du monde, une forme de mémoire intemporelle, à même la matière. Je n'ai pas dit un seul mot pendant toute la visite, mais l'émotion qui me rendait muette était apparemment magnifique ; c'est du moins ce que m'a affirmé Camille quelques années plus tard.

Devant *Le radeau de la Méduse* de Géricault, œuvre plus immense que le Louvre entier dans mon souvenir, j'ai eu l'impression d'un grand coup, puis d'un frisson. J'avais visionné des films d'horreur par centaines, avec des milliers de zombies déchiquetés, de cadavres ensanglantés, de créatures extraterrestres gluantes, démoniaques et difformes. Mais ce groupe de naufragés, entassés avec des restes humains, était plus percutant que tout ce que j'avais vu jusque-là.

J'ai pensé à ma famille, de l'autre côté de l'océan.

J'ai pensé à tout mon arbre généalogique, sur ce radeau, même si je ne savais presque rien de mes origines. J'avais des images en tête depuis l'enfance, pour la plupart floues. Du côté de ma mère, certains avaient fui la pauvreté de l'Italie du Nord; du côté de mon père, ils venaient d'Irlande ou d'Écosse, mais plus personne ne pouvait confirmer quoi que ce soit. Ce que je savais, c'est qu'ils avaient tous traversé l'Atlantique à nu ou presque, sans fortune ni promesses, prêts à tout recommencer. À tout construire, dans une mer de boue et de neige. À ne presque rien manger. Sans savoir prier non plus. Et je me suis souvent demandé s'il n'y avait pas un peu du désespoir de mes ancêtres qui coulait encore dans les veines de mes parents. Quelque chose qui commandait l'ivresse perpétuelle à mon père, alors qu'après des siècles d'austérité, il était parvenu, lui, sans éducation, avant l'âge de trente ans, à posséder son royaume. Avec son grand terrain de neuf mille pieds carrés et son unifamiliale. Sa *station wagon* et ses fins de semaine à siroter des cocktails dans sa piscine hors terre. Dans ce vaste projet de fuite, de conquête d'un nouveau monde, de libération du joug de la religion, mes parents auraient dû atteindre l'état de grâce, dans un grand fou rire hystérique, les bras tendus au ciel, avec en main leurs cartes d'assurance maladie, d'assurance sociale, et tout le crédit nécessaire pour déplacer leur ivresse sur des bateaux de croisière dans les Caraïbes ou sur le bord d'une piscine de l'un des mille Resort Inn construits spécialement pour eux dans les paradis tropicaux. Mais peu importait qu'ils soient nés en Amérique, loin des camps de concentration de l'Allemagne, loin des premières attaques atomiques au Japon, sur un territoire foisonnant de richesses naturelles, d'espace, de possibles. Quelque chose de pourri déterminait leur manière d'être au monde, comme s'ils étaient écrasés sous le poids d'un désenchantement universel que les meilleures comédies à la télévision ne parvenaient pas à enrayer.

Je suis restée là, longtemps, à penser aux miens, en contemplant *Le radeau de la Méduse*. À notre histoire, racontée en une seule image. Celle-là. Ce groupe à la dérive, en décomposition. Mais qui avance, encore. Sans destination. J'ai senti monter les larmes. Je venais d'éprouver mon premier choc esthétique. Ou poétique. Ou philosophique, peut-être.

J'arrivais de tellement loin.

*

Quand je résidais à Paris, j'ai souvent accompagné Camille dans les musées et les galeries d'art. Et lors de mes déplacements, en Asie ou en Amérique, je poursuivais mon exploration.

Au fil de mes contrats, j'ai fait le tour du monde, ou à peu près, et je suis allée à la rencontre des Éternelles, comme les nommait Camille, ses images de femmes sublimes trônant au pinacle de l'histoire de l'art.

Et je les ai presque toutes connues.

Avec Camille, nous avions développé ce jeu enfantin : trouver un qualificatif, en moins d'une minute d'observation, pour décrire chacune des Éternelles. C'était le seul moment où je m'exprimais, et l'exercice m'amusait.

Ainsi, j'ai contemplé la délicate Vénus de Botticelli et celle, plus androgyne, de Milo ; la fulgurante Liberté guidant le peuple de Delacroix ; la jupitérienne grande odalisque d'Ingres ; la suffisante Olympia de Manet ; l'incandescente femme au coquillage de Bouguereau ; la sublime Vénus Verticordia de Rossetti. Et j'ai voulu très fort ressembler à la jeune fille à la perle de Vermeer. Accéder à sa grâce intemporelle, à cette manière d'être à la fois radieuse et insaisissable.

J'étais fascinée par leur présence. Il ne subsiste rien de leur chair dans l'espace de la toile. Rien de leurs aspirations. De leur personnalité. Rien des angoisses qui les animaient. L'entièreté de leur arbre généalogique a sans doute disparu depuis longtemps ; l'anecdote de leur existence s'est dissoute. On ne connaît souvent rien de leur identité. Et pourtant elles sont là. Rayonnantes. Partout. Reproduites en photographie. Projetées dans les classes des plus prestigieuses universités du monde entier. Elles transcendent à la fois la toile et la fenêtre photographique qui les diffusent partout sur Terre.

Elles ne sont ni vivantes ni mortes, me précisait

souvent Camille, elles existent par-delà l'espace-temps, dans la dimension de l'Idéal.

Il m'a suffi d'une seule visite dans un seul musée pour comprendre que l'image n'est pas apparue sur un écran de cinéma ni entre les pages d'un magazine. Elle s'impose depuis des siècles, présence dominante suspendue là où il faut lever la tête et ainsi s'incliner devant ce qui nous dépasse. Je comprenais déjà à l'époque la folie des collectionneurs, qui déboursaient des dizaines de millions de dollars pour posséder un fragment de cet accès au sublime.

Et souvent, assise sur les bancs des musées, j'ai tenté de retenir ma respiration, sans plus bouger. Sans le savoir, je pratiquais alors une forme de méditation, et chaque fois que je relâchais mon souffle, j'éprouvais un grand calme ; à cette époque-là, je n'associais pas ma sérénité à mes exercices, mais plutôt à ma tentative perpétuelle de me transformer en image fixe, même hors des séances photo, image qui m'apparaissait de plus en plus comme le lieu de la perfection.

Un lieu d'achèvement, inaltérable.

Là où plus rien ne se modifie.

Un aboutissement ultime.

*

Camille aimait étudier l'étymologie des mots. Elle répétait que c'était la base de toute recherche, le point de départ de la compréhension. Lorsqu'elle m'a expliqué la signification du mot *image*, j'ai d'abord pensé qu'elle se moquait de mon absence de culture. J'avais toujours vénéré l'image comme si elle me donnait à voir une vie supérieure, une vie plus vivante.

— Pas du tout. Ça vient du latin *imago*, qui signifie plutôt « masque mortuaire ».

Puis elle m'a fait découvrir d'étranges reliques composées de cire ou de plâtre, des masques créés à partir de véritables cadavres, qui permettaient de conserver une trace des trépassés avant que la putréfaction ne les fasse disparaître.

Un peu plus tard, elle a pointé une autre définition dans le dictionnaire : « imago, *stade final du développement d'un individu, chez les arthropodes et les amphibiens* ». Puis elle a posé devant moi des photographies mortuaires du dix-neuvième siècle, qui rassemblaient vivants et morts dans une mise en scène où l'on ne parvenait pas toujours à déterminer qui venait de mourir. J'étais mystifiée. Je commençais à comprendre. L'image est une forme d'absolu, de vérité totale qui se substitue aux mouvements des corps, de la matière, du temps. La photographie peut réinventer les traces qu'elle doit préserver.

Elle crée un pont, entre la réalité et la fiction.
Entre la vie et la mort.

*

À Paris, j'ai appris à me regarder. Toute nue. Toute seule. Dans un miroir portatif. C'était une pratique inédite. Souvent éprouvante. Mais qui m'obsédait.

Je passais tellement de temps dissimulée sous des costumes de plus en plus volumineux, aux formes délirantes, que j'avais constamment l'impression de me transformer en figure impersonnelle à la manière cubiste. Au milieu des années quatre-vingt, l'art d'être mannequin consistait à embrasser une forme de schizophrénie esthétique. Pendant les *fashion weeks*, des images radicales du monde postindustriel se succédaient avec une exubérance jusque-là inégalée. Je passais de l'univers monochrome de Comme des Garçons, où je devais me voûter le dos sous les savants lambeaux postnucléaires de la tendance « Hiroshima chic », à l'arrogance luxueuse des dorures extravagantes de Thierry Mugler, qui commandaient la *bitch attitude* à la manière superficielle de l'émission *Dynastie*, puis aux fulgurances pop de l'imaginaire de Jean-Paul Gaultier que je ne savais jamais comment incarner, sauf avec des jeux de tête et de bras dans l'espace pour marquer une folie assumée. J'étais cent personnages de fiction dans la même semaine, mais le plus souvent j'étais une figure disproportionnée, un cintre humanoïde portant des créations aux volumes titanesques, avec des épaulettes qui triplaient la largeur de mes épaules et des coiffures qui doublaient la hauteur de ma tête. Le maquillage semblait faire fléchir mes traits, mon nez se courbait jusqu'à créer un profil aquilin, mes paupières s'alourdissaient pour dessiner un regard quasi asiatique, ma bouche semblait s'effondrer sur mon menton.

Alors, la nuit venue, seule dans ma chambre,

après la douche, je m'observais. Juste moi. Mon reflet. Qui me semblait étranger. Je ne savais pas ce que je cherchais, mais j'étais animée par une curiosité insistante pour ma propre anatomie.

J'ai également commencé à observer les photographes et leurs assistants, à tenter parfois d'entrer en contact avec eux avant les séances ; soudain, je posais des questions. Sur les appareils, les outils. Je voulais comprendre la profondeur de champ, la vitesse d'obturation, le calcul de la lumière. Je me suis payé des cours privés, pour apprendre les rudiments du développement et de l'agrandissement.

J'accumulais les connaissances nécessaires pour me faire image. Par moi-même.

*

J'ai commencé par un Polaroid.

Parce que je pouvais me photographier toute seule dans ma chambre et découvrir immédiatement le résultat. L'urgence de me faire image commandait des moyens expéditifs. Or, j'avais plus ou moins bien compris l'importance de l'objectif dans la prise de vue. Et je pensais que la lumière au flash fonctionnait immanquablement, que ça illuminait de façon globale, à la manière de la chaleur parfaitement répartie dans un four à micro-ondes. J'avais tort. Le flash aplatissait mon visage. Et l'objectif de l'appareil le déformait aussitôt que je tentais de faire un gros plan. Restait le déclencheur automatique, qui me permettait de prendre la pose à distance raisonnable. Mais le résultat était similaire aux photographies prises par mon père. Du flou et de la tristesse, avec une absence de définition et des couleurs verdâtres.

J'avais besoin de vrais outils. Je me suis donc offert un Pentax K1000, l'appareil des étudiants en photographie de l'époque, avec un trépied, une valise d'éclairage et, gadget bien important dans mon projet, un déclencheur à distance.

Mon intérêt pour la photographie était précis : je voulais faire des autoportraits. Et rien d'autre. Être née vingt ans plus tard, j'aurais embrassé la pratique du *selfie* comme une religion, mais à la fin des années quatre-vingt, se photographier soi-même semblait contre nature. La préparation était longue et hasardeuse ; le résultat incertain.

Pendant deux ans, j'ai tenté de saisir mon image. Je refusais le démaquillage à la fin d'une journée de séance photo, je rentrais au penthouse directement, je retouchais quelque peu mon nez et mon front de poudre matifiante, je m'installais sur mes oreillers, je déplaçais lentement mon visage dans le faisceau de lumière en activant le déclencheur à un rythme régulier.

Au moment où j'ai commencé à me photographier moi-même, j'avais déjà posé pour une centaine de photographes, qui me faisaient ressembler à tout autant de filles différentes. Et si j'aimais cette illusion d'être sans cesse nouvelle ou méconnaissable, la surprise était toujours plus grande en noir et blanc. Camille disait que c'était une question de goût, que mon caractère austère et minimaliste s'exprimait mieux par le monochrome. J'avais plutôt l'impression que l'image en noir et blanc était encore plus vraie, qu'elle ne tentait pas de créer l'illusion de la réalité, dont je n'avais rien à faire.

Chaque semaine, je prenais autour de trois cent soixante autoportraits. Une dizaine de rouleaux de film. J'avais accès à une chambre noire dans le quartier. Mal ventilée, trop sale, au tarif à l'heure exorbitant, mais dont l'équipement convenait à ma recherche. J'y croisais des photographes avec qui je travaillais ; la plupart du temps ils ne me reconnaissaient pas. Ou peut-être étaient-ils alors trop absorbés pour s'intéresser à leur environnement. La plupart fumaient du hasch jamaïcain à longueur de journée, avec quelques lignes de coke pour se ressaisir au moment des *shootings*. J'étais donc tranquille.

Je m'enfermais dans la chambre noire une journée par semaine. Je voyais apparaître mon visage dans le révélateur, avec, toujours, trop de lumière ou un jeu d'ombres mal balancé, des bougés ou des flous parfois poétiques, mais jamais flatteurs. Je travaillais à l'aveugle, tentant de déjouer l'œil de l'objectif pour lui imposer ce que je voulais vraiment donner à voir, sans pourtant savoir ce que je cherchais. Après chaque séance en chambre noire, je remontais le même jeu d'éclairage, en ayant en tête ce qui me déplaisait ; je refermais un peu plus les *barn doors*, je reculais ou j'avançais le projecteur, j'ajustais le trépied, deux ou trois centimètres plus haut, un de côté ; je refermais l'obturateur d'un cran. Devant l'objectif, je redressais mon dos et je tournais un tout petit peu plus la tête vers la lumière, en baissant le menton ; je prenais soin de détendre ma mâchoire et de pincer les narines. Je patientais jusqu'à ressentir un état hypnotique. Je savais alors que mon regard était lunatique ; j'activais le déclencheur. Et je retournais en chambre noire avec ma cargaison de rouleaux, ma boîte de feuilles, mes bouteilles de chimie ; je m'enfermais d'abord dans le microplacard, j'enroulais dans l'obscurité totale un premier film sur la spirale, puis un deuxième, je préparais tous les mélanges à développement, j'ajustais le chronomètre, je brassais un peu plus fort ou moins vite la cuve de développement pour tenter de trouver la technique parfaite, je passais au fixateur ; rinçage ; je déroulais le film pour déjà percevoir ce que l'agrandissement allait confirmer : que mon image était encore informe.

Celles des autres photographes étaient nettes : je devenais autre, par l'épaisseur du maquillage et la réflexion de la lumière sur les pigments de couleurs ; j'étais le vêtement ou le produit, j'étais le profil retouché, j'étais une silhouette dans un décor sous le nom d'une marque. Devant mon propre objectif, j'avais un visage familier, mais sans traits distincts, comme une absence de présence franche.

J'étais quasi imperceptible.

Je ne savais pas trouver la lumière nécessaire, ni le bon angle, ni la bonne attitude. Après deux années à exposer mon visage à quelques centimètres de mon 85 mm, j'ai fini par abdiquer. Je ne savais pas apparaître.

J'étais résignée à poser pour des étrangers qui faisaient de moi une semblable étrangère. Infiniment différente d'elle-même d'une image à l'autre. Sans cesse méconnaissable.

*

Pendant mes huit années passées à Paris, j'ai eu l'impression d'être en sursis, dans une zone intemporelle.

L'effroi provoqué par le regard haineux de mon père ou la détresse de ma mère n'était jamais renouvelé. Peu importait le chaos des plateaux de *shootings* ou la folie des coulisses de défilés, je ne ressentais aucune réelle menace. Tout semblait prévisible, convenable. Facile. Les mains légères et rapides sur mon visage, la consigne de fermer les yeux et d'ouvrir la bouche, de lever le menton encore un peu plus et de ne plus bouger. Toujours facile. Les *brushings* en accéléré, les pinces glissées sur la peau de mon crâne pour faire tenir des mèches de cheveux figées par de multiples couches de gel, de mousse, de fixatif. Je ressentais à peine quelques tiraillements, vite oubliés. Il y avait parfois des agressions. Les grandes pinces dans le dos pour ajuster la taille des vêtements pour les séances photo, qui coupaient le souffle; l'éblouissement des spots de lumière; le rythme du clic et la respiration haletante et puante de la plupart des photographes qui virevoltaient autour de moi comme des guêpes contrariées. J'ai été insultée à répétition par des clients capricieux qui jugeaient de mon apparence comme si je me confondais parmi les vêtements que je devais mettre en valeur. Et j'ai tout entendu, que j'étais trop petite ou trop grande, monstrueuse ou trop mignonne, honteusement sexuée ou pas suffisamment osseuse. On m'a observée en me faisant tourner d'une claque sur l'épaule à la manière d'une girouette censée tourner sur elle-même d'un mouvement parfaitement rotatif. J'ai vu tous les froncements de sourcils. Celui, contrarié, des maquilleuses qui jugeaient ma peau trop grise ou déshydratée, ma bouche sans dessin précis et la couleur indicible de mes iris, qu'il valait mieux rehausser de lentilles colorées que je ne pouvais pas tolérer plus de quelques minutes ; le froncement de sourcils irrité des coiffeuses qui ne réussissaient pas à donner corps à ma chevelure tout aussi plate que mon expression ; ou celui interloqué des photographes portraitistes de personnalités publiques, habitués aux jeux de la séduction, auxquels je me dérobais par défaut et qui ne parvenaient pas à profiter de mon absence de présence.

Mais j'avais vu et entendu bien pire, à la maison. Mon père m'observait depuis ma naissance avec dédain ; s'y ajoutaient un soupçon de haine, un soupir exaspéré et une volée d'insultes lorsqu'il n'était pas convenablement saoul pour s'effondrer au retour du travail.

Dans mon métier, je remarquais un certain raffinement dans l'exercice de l'insulte, quelque chose de plus posé. Je ne sentais jamais une détestation violente de la part des clients ou des photographes. Ceux qui ne voulaient pas de moi m'évitaient plutôt que de tenter de m'anéantir d'un regard fou comme celui de mon père. Ses insultes lancées d'une bouche ramollie par l'alcool m'avaient préparée au pire. On pouvait me traiter de tous les noms, les Français et les Italiens maîtrisaient d'ailleurs l'art de l'injure à la volée, lancée avec ferveur puis aussitôt oubliée ; on pouvait me faire attendre sans se soucier de mes besoins, ou me tirer les cheveux et me faire porter n'importe quoi de dégradant, j'étais insensibilisée à la maltraitance. Ou plutôt, je n'avais plus l'énergie de générer quelque émotion. L'état d'anxiété généralisée de mon enfance avait fait place à une sorte d'indifférence. J'observais, sans plus. Il suffisait de me statufier devant l'écran du monde et tous les programmes allaient se succéder, dans une suite continue de vacarmes et de chaos, de fous rires et de drames ; il y aurait des gens magnifiques et des monstres, tous interchangeables, et je serais leur fidèle public, toujours.

*

En 1994, j'étais de moins en moins sollicitée.

Au printemps, la propriétaire du penthouse est décédée ; ses héritiers nous ont poliment expulsées sur-le-champ ; l'Agence M a annoncé dans la foulée une restructuration de ses activités ; une douzaine de contrats ont été annulés en l'espace d'une semaine et je me suis retrouvée devant rien. Je suis rentrée en Amérique avec l'impression d'avoir été jetée à la rue.

Or, à ne presque rien manger, à ne jamais sortir, à ne rien payer au penthouse, et surtout à prendre tous les contrats qui m'étaient offerts – des pubs de vernis à ongles aux défilés locaux de designers qui disparaissaient aussi vite qu'ils étaient apparus, des catalogues de destinations voyage aux pubs télévisées d'alcool, de restaurants – à cumuler parfois trois séances photo par jour pour des hebdomadaires et des mensuels, j'avais amassé suffisamment d'argent pour me retirer du monde pendant plus d'un siècle. À condition de continuer à vivre modestement, ou presque.

Mais j'étais tout de même terrorisée à l'idée d'être obligée de me loger par moi-même, de prendre la responsabilité d'un lieu.

C'est d'ailleurs la première réaction que j'ai eue à l'annonce de l'expulsion : où vais-je aller ? Il était hors de question que je retourne chez mes parents. Je n'avais rien non plus qui me retenait à Paris. Camille semblait tout aussi démunie que moi. Je ne savais pas encore qu'elle venait de démissionner. Qu'elle allait bientôt retourner à l'université pour s'atteler à son doctorat et retrouver son réseau d'intellectuels. Qu'elle allait promettre de passer me voir et que j'allais patienter, pendant des années. Elle ne m'a rien révélé de ses projets ce jour-là. Mais elle m'a guidée, une fois de plus. Elle avait entendu parler d'une tour qui venait d'être achevée au centre-ville de Montréal.

Reliée au dédale souterrain. Deux autres mannequins s'y étaient installées. Je n'ai pas cherché à comparer. À trouver mieux. La seule perspective d'avoir à choisir un lieu m'angoissait. Camille avait pointé ; je m'exécutais. Moins d'une semaine après, je visitais mon premier appartement, au vingt-septième étage de la Place Centre. Un quatre-pièces tout aussi blanc et vide que le penthouse de Paris. Et qui allait le rester. J'ai su en m'approchant du mur de verre où se tient aujourd'hui ma mère que ça me convenait. Je n'entendais aucun des bruits de l'urbanité. L'horizon semblait indistinct, le ciel, vaste ; le mouvement au niveau du sol, flou. Il n'y avait que la verticalité immobile des édifices à ma hauteur. Une parfaite fixité.

J'avais sommeil.

DE LA SUBSTITUTION

Après des heures à craindre, j'y suis.

Devant la porte de l'aire de choc, à l'hôpital.

Mon père s'y trouve aussi. Assis, seul, au milieu d'une rangée de bancs de plastique.

Mon clan d'accompagnement, lui, a disparu. Joe Dalton se vantait d'être bien plus grand qu'Astérix, qui riait en se roulant par terre, quand mon masque est redevenu une simple surface transparente. Je n'entends plus rien, je ne suis plus connectée. Je découvrirai plus tard que l'hôpital est une zone de restriction des ondes.

Je me sens subitement à nu. À découvert.

Or, la terreur que je pensais éprouver face à mon père ne vient pas. Ni la colère. Il n'y a pas de revirement de situation spectaculaire non plus. Aucune apothéose émotionnelle à la manière cinématographique, avec un impensable coup de cœur, une rédemption, un accès d'amour inconditionnel qui balaie tout et qui permet la réconciliation et la réunion du père et de sa progéniture. Il n'y a même pas de musique dans le corridor.

Que des inconnus, qui circulent autour de mon père sans lui prêter attention.

Il a vieilli.

Il était massif, imposant. C'est maintenant un homme frêle, au crâne à moitié dégarni. Ses deux mains, déformées par une accumulation de rides profondes, glissent frénétiquement de ses oreilles au sommet de sa tête, faisant saillir quelques cheveux argentés qui reflètent la lumière des néons. Je m'approche de lui à contrecœur, avec déjà l'envie de fuir ; je m'immobilise à un mètre, incapable de m'avancer davantage. Et je reste là, sans lui signifier ma présence. Or, cet homme n'est pas celui qui me terrifiait. Il ne subsiste rien du monstre de mon enfance. Au bout d'un moment, il m'aperçoit, se lève en titubant, le regard flou, ailleurs. Il ne me salue pas, ne tente pas de réduire la distance entre nous. Il évite mon regard. Pendant les semaines qui vont suivre, jamais il ne va lever les yeux vers moi. Il murmure :

Ta mère va être contente de te voir.

Et puis, c'est tout.

Il s'éloigne, sans un mot.

La situation me semble tellement étrange que je reste là, traversée de frissons, un point au ventre.

Après, des préposés aux bénéficiaires, des androïdes pour la plupart, se croisent dans le corridor, disparaissent, remplacés par d'autres, se déplaçant tous d'un même pas alerte. Je finis par en arrêter un. Je demande à voir ma mère. Il me guide aussitôt dans un labyrinthe de machines, de sondes de plastique et de fils électriques, sous un éclairage brutal, jusqu'à une civière autour de laquelle s'agitent deux infirmières protégées par des masques.

Et c'est en découvrant le corps qui repose sous un néon verdâtre que je comprends l'effroi de mon père.

Je vois bien un ovale de visage sans couleur, des narines, une fine ligne là où devrait se trouver une bouche. Je remarque l'enchevêtrement de rides qui s'allonge entre l'amas de cheveux gris et le col de la jaquette d'hôpital, un tissu de plis, de bosses, de trous. Je distingue la sonde qui s'enfonce entre ses jambes et les cathéters dans ses deux bras.

Mais je ne vois pas ma mère.

*

Je m'approche, me penche au-dessus de son visage. J'observe tout ce que le néon révèle. Je cherche un détail familier.

Rien.

Les yeux fermés et l'absence de dentier, le bonnet de papier dissimulant en partie sa chevelure et la jaquette vert menthe opèrent une forme de camouflage extrême.

Il suffirait qu'elle ouvre un œil. Un seul. Je reconnaîtrais immédiatement l'iris de ma mère. La couleur café, la dentelle noire autour de la pupille.

Il suffirait qu'une de ses mains se libère du drap bien tiré autour d'elle. Je reconnaîtrais ses bouts de doigts, surtout l'index et le majeur qui maintenaient les cigarettes en position parfaitement perpendiculaire entre ses lèvres, à longueur de journée pendant mon enfance. Mais il n'y a pas le moindre relent de tabac qui émane d'elle.

Alors je quitte les lieux.

*

Cette nuit-là, j'ai un portrait lunaire en tête. En noir et blanc. Un quartier de profil, émergeant de l'obscurité. Ou y plongeant. En travaillant la source lumineuse pour réussir à dessiner la fine ligne blanche sur le visage d'Anouk, je bute sur la proportion des traits. Le nez me semble trop pointu ; les narines trop étendues. Les lèvres s'avancent sous l'arête du nez avec un effet de boursouflure au collagène.

Depuis des années, j'étudie à travers l'image un langage corporel macro très précis et subtil, la manifestation d'un état d'être par le jeu de lignes des traits d'un visage, qui s'exprime par la hauteur des sourcils, leur accent, la courbe ascendante ou descendante de la bouche, son degré d'ouverture, la position du regard dans l'espace. À ce moment-là, le visage de mon avatar m'apparaît comme un assemblage grossier, caricatural.

Alors, pendant des heures, je défais le profil d'Anouk pour le recomposer avec des paramètres inédits. J'écrase le nez, puis les lèvres, puis les pommettes. Je fais saillir le menton, j'allonge la ligne du front. Jusqu'à ce que mon quartier de lune apparaisse.

Et là, je vois.

La décomposition.

La rémanence du visage décharné, que j'ai trop observé sous l'éclairage cru de l'hôpital, s'impose en filigrane dans mon espace de création. Mon imaginaire est marqué, à la manière d'un écran au plasma laissé trop longtemps ouvert sur un canal imposant son logo, créant ainsi un artefact permanent.

Or, ce que je vois, surtout, c'est le visage de ma mère.

C'était bien elle.

De tout mon corps, en observant celui métamorphosé d'Anouk, je ressens subitement la présence de ma mère. Et je remarque une odeur. Sur mes doigts. La puanteur de la cigarette. J'ai dû poser mes mains sur le drap, j'ai peut-être touché les cheveux de ma mère quand je me tenais à ses côtés. Je ne sais plus. Mais j'ai l'impression d'émerger d'un long moment de torpeur et de tout percevoir en différé.

J'éprouve un tel effroi que j'efface toutes les modifications sur mon avatar.

Et, pendant quelques minutes, je reste là, dans une zone floue. Ni en immersion sur le continent virtuel ni dans mon atelier.

Je suis quelque part autour de la civière de ma mère.

Je sens que je tremble. Mais je suis incapable de bouger. Je suis encore debout, sur mon tapis de travail. Droite ; pétrifiée. Je respire à peine. Et je pleure. Sans bruit.

Les larmes glissent, entre le masque et ma peau.

*

Puis, ça vient.

L'urgence de replonger dans l'éther numérique.

De traverser, le plus loin possible, hors de la matière.

Alors, je me connecte au circuit *kawaii*.

De tous les univers virtuels que je fréquente, c'est le plus coloré. Des milliers d'avatars s'y rassemblent jour et nuit pour créer une vaste cité de manifestations festives, avec distribution en continu de *surprises packs* pour tout le monde, remplis de cœurs et de pensées affectueuses, de costumes hilarants à porter pour se joindre à la performance en cours.

Cette nuit-là, je reçois une apparence de libellule avec une queue de comète scintillante; dans la grande salle d'entrée, nous sommes quelques centaines de libellules à virevolter les unes autour des autres; certaines émettent de courtes mélodies, d'autres des bourdonnements; l'animation attachée à mon costume génère une phrase rythmique avec des percussions aiguës. Chaque nouvel arrivant ajoute à la performance, chacun est salué par une suite de larges sourires. Le graphique de statistiques informe qu'une dizaine d'avatars en provenance de la Chine viennent de se joindre à nous, puis deux du Brésil, puis trois autres de la Norvège; et ça continue, chaque minute de nouvelles libellules de partout sur Terre se greffent à l'ensemble. Les demandes d'amitié se multiplient par dizaines et apparaissent dans un carré rose avec des dorures royales. Je les accepte toutes, même si je ne communiquerai jamais avec aucun de mes nouveaux contacts. C'est l'intention qui compte ; on entre ici pour se fondre dans la mêlée ; on invite, on envoie des bises et des compliments, c'est l'amour collectif virtuel sans condition.

J'avance à travers des chambres de poupées roses, assises sur des bonbons géants avec des peluches aux couleurs pastel, entourées d'étincelles de lumière et d'émoticônes en forme d'étoiles souriantes. Je scrute de près des robes composées de dentelle animée, où de courtes histoires d'amitiés *forever* roulent en boucle. Les murs changent de couleur, se déforment pour laisser passer d'immenses trous de serrure qui glissent dans l'espace, permettant d'entrevoir des fragments d'images de *shotacons* et de *lolicons* où des enfants se caressent de manière suggestive. En voulant changer de pièce, je clique plutôt sur l'une des serrures arrivées à ma hauteur ; je suis immédiatement téléportée en pleine orgie, dans le décor d'une scène *hentai*. J'atterris au milieu d'une cinquantaine de femmes nues aux textures de mangas exhibant chacune un phallus hyperréaliste. Je zoome pour observer les veines saillantes et le gland lustré, ainsi que les testicules ronds et gélatineux qui pendent, dans un mouvement de balancier élégant, au ralenti. Je suis bousculée au même moment ; tous les sexes pointent vers un immense spectacle, au-dessus de ma tête. C'est un monstre. Poilu, translucide, aux reflets iridescents. Un croisement de yéti et de méduse, qui flotte au-dessus du groupe. Je reçois une dizaine de phallus dans mon inventaire et des invitations à prendre part à l'animation. J'en installe cinq sur mon corps de libellule et ça déclenche aussitôt des cascades de *lol* et de *rofl*, des ^^ et des sifflements ; je clique au même moment sur la flèche du retour et j'aboutis devant une série de têtes d'or sur des piédestaux qui chantonnent des comptines en japonais, en canon. Tout autour de moi, ça délire, dans une manifestation de joie synthétique. Je sature ma mémoire vive d'un déluge d'apparitions scintillantes, d'où émerge un chœur de fous rires artificiels. Je retrouve un peu de l'énergie des dessins animés de mon enfance. Je respire mieux. J'y passe toute la nuit, pour tenter de retrouver mon état de neutralité, qui me permet de tout observer et de réfléchir à tout, sans émotion.

*

Au matin, alors que j'ai la tête enfoncée dans l'oreiller et les yeux grands ouverts sur le plafond, sans avoir réussi à trouver le sommeil, je reçois un deuxième appel de mon père.

Il m'informe que ma mère ne va pas sortir de l'hôpital de sitôt, qu'elle a besoin d'un peignoir ; le seul qu'elle possède à la maison date d'une autre décennie. Je comprends à travers ses propos expéditifs qu'il ne sait pas où aller, comment choisir. Il a besoin d'aide. Ma mère a froid. Ils m'attendent.

Je reste au lit pendant une heure, à fixer le plafond.

Tout est blanc autour de moi. Pièce, draps, lumière. C'est calme, silencieux. Pas un bruit.

Un *peignoir* ? Sans que je comprenne pourquoi, la demande m'agresse.

Je ne veux pas.

Je ne veux rien de tout ça.

Ni de la maladie de ma mère. Ni de la voix de mon père dans mon oreille. Ni retourner à l'hôpital. Je ne veux surtout pas sortir de mon appartement. Et plus j'y pense, plus je panique.

*

Pendant le trajet en autonomat jusqu'à l'hôpital, je suis propulsée à des années-lumière de la Terre par une application qui raconte la naissance des formations stellaires. Les images d'une pouponnière d'étoiles dans l'amas R136a de la nébuleuse de la Tarentule me font oublier pendant quelques instants ma propre destination. J'y contemple R136a1, l'une des plus imposantes étoiles découvertes par Hubble, dont la masse équivaut à deux cent soixante-cinq fois celle du Soleil. Ça ne me dit rien. Je pose un point d'interrogation. Un graphique de comparaison s'organise.

Avec la Terre, d'abord. Et son poids, dessous :
5 973 600 000 000 000 000 000 000 kg
Le Soleil surgit à côté :
330 000 fois la masse de la Terre
Puis, à l'extrême droite, R136a1 :
(330 000 × 5 973 600 000 000 000 000 000 000 kg) × 265

Je comprends que je ne pourrai jamais me faire un début d'idée de l'immensité de la chose. Ça me rassure. Et ça m'aide à relativiser ma situation. La rencontre de quelques minutes avec mes parents sera un infime événement à l'échelle universelle, un point imperceptible dans l'espace-temps ; le déplacement entre mon appartement et l'hôpital est tout aussi anodin, c'est un microdéplacement éphémère. Du moins, c'est ce que je me répète pour me calmer.

Mon père m'accueille dans la chambre sans un mot. Il sue, il halète. Ils ne sont ni contents ni surpris de me voir ; les peignoirs trouvés dans mon placard conviennent tous.

Ma mère m'observe fixement à mon arrivée. Sans expression. Comme si elle ne me reconnaissait pas. C'est l'heure du dîner. Elle ne veut ni manger sa soupe ni boire son verre d'eau. Mon père est préoccupé, la main sur la bouche. Toutes nos manières protocolaires d'entrer en contact, de feindre un intérêt pour les occupations des uns et des autres ont disparu. Les conversations abrutissantes d'autrefois sur la météo ou l'actualité semblent inappropriées. Il ne reste que l'attente d'une voix professionnelle pour mettre des mots sur le regard insondable de ma mère. Mon père semble sur le point de s'effondrer ; il s'adosse au mur et lève la tête pour mieux fermer les yeux.

Ma mère prend alors la parole d'une voix éteinte :
Tu peux t'en aller.
Elle a parlé d'une voix faible, mais ferme. Puis,

elle lève le regard vers moi en s'adressant encore à lui :

Si j'ai besoin de quoi que ce soit, elle est là.

En une seule phrase, elle me fait basculer dans l'intimité de leur épreuve. Après quatre décennies de fuite, je suis subitement là, dans le cocon familial, comme au temps de mon enfance. Avec l'impression que mon éloignement n'a été qu'un mirage.

Que je n'ai jamais quitté notre huis clos.

Alors, sans y penser, sans rien dire, je quitte la chambre de ma mère, je commence à courir, je sors de l'hôpital à bout de souffle, je cours jusqu'au trottoir, jusqu'à ce que mon masque se réactive et que je me retrouve dans la nébuleuse de la Tarentule, face à face avec l'étoile R136a1.

Et je reste là.

Devant l'immensité. Impensable.

À l'échelle universelle, il y a une fraction d'un millionième de seconde, j'étais sur le point d'entamer ma trajectoire entre tous les cocons de chair et de sang, parmi tous les ventres à relais qui se sont succédé au fil des siècles jusqu'à ma naissance. J'allais traverser les continents et les océans où se sont dilatées l'une après l'autre des vulves écartelées sur la filiation des miens. L'humanité entière et toute son histoire, et toute celle de la Terre, et toute celle du système solaire ne forment ensemble qu'un point, qu'une particule de point, un imperceptible scintillement parmi des milliards de milliards de scintillements. En y pensant bien, la relativité qui me rassurait un peu plus tôt devrait au contraire me faire frémir.

Au moment où je fixe l'image de l'étoile, ma mère regarde probablement par la fenêtre. Depuis un demi-siècle, nous avons à peine changé d'écrans, de fenêtres, de lieux.

Nous sommes toujours au même point.

Et notre proximité ne sera jamais abolie par aucun continent, par aucun mouvement de galaxies.

Ma mère a raison.

Je suis là.

La vérité, c'est que j'ai toujours su remplacer un huis clos par un autre. De l'étouffement en banlieue à mon isolement sous les projecteurs à Paris à mon appartement au centre-ville, j'ai toujours su me tenir juste là, dans le nœud d'étranglement.

Jusqu'à mon immersion en réalité virtuelle, je patientais. Je savais déjà de manière intuitive que j'allais finir par me retrouver là, à travers l'image. Que ce qu'on nomme la « réalité » avec sa matière, sa biosphère, n'était qu'une vaste salle d'attente avant que le véritable programme de ma vie débute, avec un générique d'ouverture, un titre approprié et une suite de notes mélodiques.

À la fin de ma carrière de mannequin, j'ai peut-être vécu un moment de désillusion. Malgré toutes les images de moi qui circulaient, ça ne changeait rien à ma réalité. Je me trouvais encore et toujours du mauvais côté de l'écran.

Jusqu'à ce qu'une porte s'ouvre exactement là, au milieu de l'écran.

Enfin.

*

C'était au début du vingt et unième siècle. Je venais de passer la fin du millénaire précédent à remonter l'histoire du cinéma, assise sur mon lit.

À mon retour de Paris, une fois installée dans mon appartement, j'ai pris ma retraite. J'avais vingt-quatre ans. J'étais à l'âge des projets de vie, de l'élan juvénile, des désirs de relation et de procréation. Mais je n'ai rien connu de tout cela. Je n'avais aucun désir de m'intégrer, de participer à la conversation sociale, de prendre ma place et de la défendre. Ça m'indifférait. Il y avait trop de tensions, de compétitions, d'entreprises, de menaces, de conflits, de guerres. Trop de regards ivres, de folie, de cruauté à soutenir. Au mieux, j'avais envie d'observer. De m'installer devant le spectacle chaotique du monde avec le meilleur écran possible, et de zapper en continu, jusqu'à atteindre une forme de vision globale ou, avec un peu de chance, un point d'illumination mystique.

Et, pendant une décennie, je suis devenue une ombre. J'étais éteinte. Épuisée.

Comme si les milliers de flashs photographiques auxquels j'avais été exposée avaient plutôt été des émissions radioactives et que j'étais entrée en processus de mort cellulaire. Alors, je me suis transformée en éponge à mots et à images, avec pour seul objectif d'acquérir de plus grosses télévisions et toutes les nouvelles technologies pour mieux apprécier ce qui se jouait de l'autre côté de l'écran.

*

Je sortais chaque jour pour rapporter les cassettes vidéo que je louais à la Boîte noire, le repaire des cinéphiles montréalais. Je marchais pour m'y rendre et en revenir. C'était mon seul exercice. Souvent, je passais par la bibliothèque, aussi.

Je menais une vie monacale, enfermée dans ma tour. Je vivais en silence, à lire trois ou quatre heures par jour puis à visionner deux ou trois films.

Les commis de la Boîte noire, pour la plupart des étudiants en cinéma, savaient dénicher des perles japonaises et suédoises, des courts métrages surréalistes ou des classiques russes ; ils m'expliquaient en quelques mots les enjeux d'un film, et j'écoutais tout, patiemment.

Mon rapport à la littérature était souvent lié au cinéma ; je découvrais des auteurs par l'adaptation de leurs œuvres à l'écran pour ensuite m'intéresser à leur parcours. L'édifice littéraire prenait forme sous mes yeux d'une manière erratique. Je faisais des détours par la philosophie, les sciences occultes, la physique quantique. J'avançais dans les méandres des œuvres sans véritables balises, à l'aveugle, sans points de repère non plus. Je ne réfléchissais pas à ce que je venais de lire ; je poursuivais ma lecture sans temps mort ; j'assimilais tout, et je réduisais mes expériences en résidus de stimulus. Je vivais entre deux mondes, ni vraiment incarnée dans mon propre corps ni complètement avalée par les univers de fiction que je traversais.

Je me cultivais, mais je n'aurais pas su nommer ma propre perspective philosophique. Je ne savais pas si j'étais athée ou agnostique ou spirituelle. Je ne savais pas si je croyais en la réincarnation, si j'envisageais après ma mort le nirvana ou le paradis ou le néant. Je ne savais pas si j'avais foi en l'humanité ou pas, si l'espèce humaine était bel et bien une souche bactérienne qui souillait la planète ou si au contraire elle était en plein processus de transmutation, sur le point d'éclore à sa véritable nature divine. J'avais envie de croire qu'il existe vraiment des chamans qui se transforment en aigles, des moines qui méditent nus dehors en plein hiver au Tibet. Que l'énergie noire du cosmos est peut-être la conscience universelle divine. Il suffisait d'un livre pour me faire adorer la science, puis d'un autre pour que je m'en méfie, pour me donner envie de m'intéresser à l'intuition ésotérique. J'étais profondément libre et tout autant perdue dans le dédale infini des savoirs enchevêtrés aux délires organisés en fiction. Je doutais de tout. La plupart du temps, j'avais le sentiment que rien de vraiment vrai n'existait, que tout était une question de point de vue et que tous les points de vue se valaient.

S'il n'y avait pas eu l'avènement d'Internet, j'aurais absorbé d'innombrables mots et images jusqu'à, peut-être, imploser ou me momifier. Je serais morte les yeux naturellement écarquillés devant ma télévision, semblables à ceux d'Alex dans *A Clockwork Orange* tandis qu'on le force à observer la violence en images, alors que dans mon cas, j'aurais bien volontiers arraché mes paupières.

Pendant une décennie, j'ai lu autour de trois mille livres. Et visionné plus de dix mille films.

Mais je n'ai pas noué une seule relation humaine.

*

Je ne sais pas pourquoi, mais je n'ai jamais eu le goût des autres. De leur présence de chair. J'avais trop à découvrir, à travers l'écran. Trop à lire, pour comprendre l'Univers. À ma retraite, mon besoin d'isolement s'est accentué.

Avant de me cloîtrer pour de bon, je communiquais peu avec ceux que je voyais sur une base régulière. Je saluais d'un même geste de la tête les commis de la bibliothèque, les chauffeurs de taxi, mon médecin, mes voisins.

Il y avait pourtant des rencontres inévitables. Des hommes qui voulaient forcer une approche, dans les rangées de la Boîte noire où je les croisais chaque jour. Il y avait des tentatives d'humour ou des suggestions de films, par-dessus mon épaule. Et, chaque fois, j'éprouvais cette même déception contre laquelle je ne pouvais rien.

Les hommes étaient tous hideux, à la lumière du jour.

Mon œil était à ce point formaté à observer des images que je ne savais pas apprécier la réalité. Je ne savais pas non plus apprécier la spontanéité des êtres qui se découvrent. Je trouvais toutes les approches insipides. Jamais je n'ai croisé un sourire aussi charismatique que celui d'Elvis, dont je n'ai connu l'existence qu'après sa mort, mais dont les images captées une décennie avant ma naissance, alors qu'il rayonnait d'une présence flamboyante, allaient me ravir un quart de siècle plus tard. J'avais compris, pourtant, dès mes premiers mois de résidence à Paris, que même les comédiens fabuleux perdaient leur éclat sous la lueur du vrai jour. J'en ai rencontré, des légendes du cinéma, croisées pendant les défilés, côtoyées pendant le montage de campagnes publicitaires. Sans l'éclat de la pellicule qui les transfigurait et sans les lignes écrites et réécrites par des équipes scénaristiques, les acteurs perdaient l'essentiel de leur présence. Ils redevenaient les silhouettes de leurs personnages immortels, et je les oubliais aussitôt.

Pour tout dire, hors des écrans, les êtres, célèbres ou inconnus, étaient pour la plupart répugnants. Je pouvais sentir l'odeur de l'alcool dans leur sillage. Ou celle de la cigarette. Ou les relents de leur digestion, d'une puanteur à vomir. Ou leur sueur. Même l'odeur des parfums me révulsait. À ma retraite, j'avais peu à peu désappris à me tenir à proximité de corps étrangers, à accepter tout ce qui les compose, le timbre de leur voix et leur gestuelle nerveuse. Il me semblait que les gens étaient toujours trop près, à mauvaise distance de perception, qu'ils étaient en décalage, arythmiques. Je ne voulais rien entendre de mal formulé ; je ne voulais rien voir de mal éclairé. Je n'avais pas besoin qu'on me touche.

J'avais besoin de la lumière de l'écran, et d'elle seule.

*

J'ai entendu parler d'Internet pour la première fois aux nouvelles à la télévision. Le journaliste assurait l'animateur que nous allions bientôt pouvoir accéder à la Terre entière par le biais d'un écran, sans plus sortir de notre domicile.

La voie impénétrable des Cieux s'ouvrait devant moi.

*

Au bout de quelques années de retraite, je suis devenue nostalgique. Je m'ennuyais du jeu de la composition, des passages de la lumière sur mon visage, de la surprise que me procurait mon incessante transformation, hors de moi.

L'image s'imposait comme pupille du monde, un œil omniscient qui se déplaçait dans la profondeur des océans et par-delà le système solaire, du micro au macrocosme. Je ne voyais qu'elle, partout. Elle se transformait en nouvelle langue universelle sur Internet, avec ses dérivés d'émoticônes, de clips, de mèmes. Des milliards d'images s'accumulaient dans un flux infini sur l'écran de mon ordinateur.

Mais aucune de moi.

Dans les moteurs de recherche, mon nom renvoyait aux activités de mes homonymes, dispersées en Amérique et en Europe, qui défrayaient la chronique avec de petits crimes ou des exploits sportifs. J'ai trouvé deux avis de décès. Des femmes de mon âge. Le visage de l'une était aussi flou que le mien. Celui de l'autre, rendu plus flou encore par un surplus de poids morbide.

J'ai mis un long moment avant de comprendre comment trouver des traces de mon mannequinat en ligne. J'avais besoin de formuler des termes génériques. *Vintage eighties. Fashion 80s. Hilarious 80s ads.* Et le lot apparaissait. Des millions d'images. La plupart étaient des *remakes*. Pour Halloween. Ou des sketchs humoristiques. Çà et là, des images numérisées de magazines de l'époque surgissaient. Je reconnaissais alors mon visage, déjà dissimulé sous un épais maquillage, qui perdait ses détails sous les aberrations de couleurs et la forte pixellisation des premières tentatives de numérisation. Je trouvais d'autres points de repère dans le déroulement des innombrables pages ; des mannequins avec qui j'avais posé et dont les noms m'échappaient. Aucune d'entre nous n'avait marqué l'Histoire.

J'étais devenue une relique. Une texture pour créer des *reaction GIFs*. La plus populaire des photographies de moi me représentait recouverte d'un *body art* style papillon de nuit, posant dans une baignoire remplie de confettis rouges. La photo avait été prise à la fin des années quatre-vingt pour faire la promotion d'une boîte de nuit à Londres. Le créateur du GIF avait monté l'image avec des effets de scintillement brun. L'animation servait à marquer un dégoût et un retrait. À remplacer les expressions *done* et *so over it*.

J'ai dû passer une heure à observer la courte animation. Je me répétais que cette image ne m'appartenait pas. Puis je pleurais. Avec un sentiment de honte que je ne parvenais même pas à m'expliquer.

*

Mon malaise était tel, au début du vingt et unième siècle, que j'étais prête à explorer les jeux vidéo et à apprendre à me battre contre des dragons d'un jeu de pouces et d'index pour me projeter ailleurs que dans ma chair.

Je n'étais pas la seule avec cette envie impérieuse. Sur tous les continents, moins d'un siècle après l'invention de la télévision, on s'empressait de créer les premiers univers immersifs, des métavers qui permettaient de traverser l'écran, d'explorer des lieux virtuels, d'y apparaître sous n'importe quelle forme, d'y créer des objets, de les échanger, de les vendre ; d'inventer des mondes. Les outils de création photographique se sont multipliés.

J'ai compris que je pouvais redevenir une image. Une véritable image. Indépendante de mon corps de chair.

Le jour de ma seconde naissance, à travers mon avatar, j'ai vécu ce qui m'apparaît aujourd'hui comme une épiphanie.

J'avais enfin traversé l'écran. J'y étais.

Pendant mes années de mannequinat, je servais

le grand jeu de la fabrication du spectacle ; et j'aimais me voir parfaitement statique sur papier, mais tout se faisait en différé, comme si j'accédais à des souvenirs d'*avoir-été* image. Alors que le jour de mon incarnation sur le continent numérique, j'étais là. Littéralement là, à l'écran. J'avais traversé le cadre.

De tous les moments où je me suis éloignée de mon point d'origine, où j'ai choisi l'ailleurs, c'est à cet instant-là que je l'ai fait en pleine euphorie.

*

J'aurais pu choisir n'importe quel nom. Une suite de chiffres. Des symboles abstraits. Un jeu de mots rigolo. Une pensée mystique. Mais au moment de déterminer le nom de mon avatar, j'ai eu le vertige. J'allais enfin traverser la lisière de l'écran, en pleine conscience, en direct. J'allais ouvrir une porte sur une nouvelle dimension. Et y plonger à froid.

J'allais réellement me donner naissance dans un ailleurs que j'espérais depuis l'enfance.

Et le choix du nom était la dernière opération avant la traversée.

Le baptême avant l'immédiate communion.

J'ai arpenté mon appartement pendant plus de deux heures en cherchant les noms qui me plaisaient le plus. J'ai d'abord pensé à une création autour de ma première idole d'enfance. Olivianne. Oliviance. Olivielle. Ça ne collait pas du tout. Puis j'ai commencé à tenter d'amalgamer plusieurs de mes idoles. OliJinny. Jinnolivia. Wonder Jin. Bionic Jin. Bionic Wonder OliviJin. Je sentais que je dérapais avec une absence de style qui ne laissait rien présager de bon pour la suite des choses.

Et puis je me suis souvenu.

Le prénom que ma mère avait eu en tête le jour de ma naissance, en découvrant mon visage.

Anouk.

Elle ne savait pas pourquoi, mais elle avait senti de tout son corps meurtri par l'accouchement que c'était mon nom. Et pendant deux ou trois heures, j'ai été Anouk. Pour elle et pour les infirmières. Sur mon premier bracelet d'identification et sur le carton accroché à mon berceau à la pouponnière. Jusqu'à ce que ma grand-mère arrive et déclare que c'était un nom d'Esquimau. Qu'on allait me traiter de sauvage toute ma vie. Que j'allais être ridiculisée, battue, peut-être même mise au ban de la société. Mon grand-père a abondé dans le même sens. Puis mon père aussi, lui qui n'avait jusque-là pas vraiment porté attention à la question. Alors on m'a trouvé un nom commun à défaut d'un nom propre. C'est ma grand-mère qui m'a raconté l'histoire à mon dixième anniversaire. En lançant de gros yeux à ma mère pour lui signifier à quel point nous étions tous passés très près d'une épouvantable catastrophe.

Au moment de choisir le nom de mon avatar, j'ai repensé à cette étrange histoire de substitution de prénoms. J'ai cherché l'étymologie d'*Anouk* et, en découvrant qu'il signifie « gracieuse », je l'ai immédiatement inscrit dans le formulaire d'identification, sans plus hésiter. C'était exactement ça, le point de départ de mon projet : de la grâce.

*

J'aurais pu m'acheter une apparence générique pour quelques sous. Une tête classique d'extraterrestre imberbe gris aux grands yeux noirs. Ou encore un dessin animé ludique, un *kitty fluffy* avec des ailes roses se déplaçant au-dessus d'un nuage scintillant. J'aurais pu opter pour une approche plus radicale et sérieuse, aussi. Un dessin abstrait monochrome pour identité, ou une figure géométrique, ou encore un symbole mystique.

L'avatar est un point de repère, un poème visuel qui symbolise l'état d'esprit de l'être qui s'en réclame. Plus question d'être contraint par les limites de l'apparence physique qui commande à être acceptée comme telle avec quelques vains éclats de maquillage, un semblant de jeu capillaire et un assemblage de bouts de chiffon révélant ou dissimulant la singularité avantagée ou non d'une physionomie.

Or, dès que j'ai su que je pouvais m'incarner dans un monde virtuel, j'ai voulu retrouver ma véritable identité : une image. De femme. Magnifiée.

Je voulais un corps féminin. Mais pas celui du plan physique, avec ses organes, ses processus biologiques et son système sensoriel. Pas celui de la vierge, de la putain, de la mère ou de l'enfant.

Au départ, je préférais plutôt un idéal sans âge, un corps pictural, un jeu de courbes parfaites. Ou, mieux, un corps néoclassique. Sans pores ni poils, une peau de lumière quasi translucide, révélant des traits délicats, une sensualité imprenable, la quintessence de la féminité.

J'avais une idée précise de la manière dont j'allais fixer mes traits faciaux : une expression extatique, sourcils relevés en arc parfait, bouche entrouverte sur une béance obscure, les yeux grands ouverts en forme d'amandes.

Or, je ne pouvais pas évaluer, avant de m'y mettre.

Le temps que ça prendrait.

Après ma naissance, pendant ce qui m'est apparu comme une éternité, je me suis transformée en intuition esthétique informe, en idée inaboutie.

*

Ma première tête était horrifiante. Quasi larvaire. Attachée au seul corps féminin disponible. Ni grand, ni petit, ni mince, ni gras. Une silhouette avec des renflements angulaires au niveau de la poitrine. Une longue chevelure d'une couleur indéfinie. De grands yeux ronds trop éloignés. Une petite bouche aux lèvres imperceptibles surmontant un menton en pointe. Et, entre mes joues boursouflées, un gros nez retroussé. Mes mains semblaient inachevées. On aurait dit deux amas desquels pointaient cinq baguettes courbées. Mes ongles étaient directement peints sur mes doigts aux bouts carrés; le dessin de mes genoux ressemblait à la première planche du test de Rorschach. Mais j'étais à ce point excitée d'avoir un début de corps virtuel que je n'ai pas porté attention à ce montage de traits grossiers.

Les nouveau-nés apparaissaient par grappes sur les îles initiales, à coup de dizaines d'avatars par minute, tous au même endroit, comme s'il s'agissait d'un trou de verre par lequel l'humanité en exode fuyait l'apocalypse. Nous étions identiques. Des clones, suspendus dans l'espace un instant, puis propulsés immédiatement à quelques mètres par la grappe de naissances suivantes. Nous errions ensuite sur les sentiers initiatiques pour apprendre à nous téléporter, à utiliser notre inventaire, à construire des objets, à nous animer avec des mouvements créés par *motion capture*.

La première fois que j'ai transformé mon visage, j'étais au milieu d'une assemblée de *newbies* comme moi qui jacassaient dans toutes les langues. Je voyais les *gamers* d'expérience pester contre le module de personnalisation, trop sommaire à leur goût. On pouvait à peine modifier quoi que ce soit, même en poussant tous les *sliders* à leur maximum. Il n'y avait aucune option pour changer la couleur de la peau. La plupart arrivaient des vieux *chatrooms* textuels et savaient comment manifester leur mécontentement avec des enfilades de symboles informatiques que je ne comprenais pas mais qui généraient des réactions en série. Les questions fusaient dans l'espace collectif en rafales, avec tout autant de réponses contradictoires qui rendaient plus opaques encore les fonctions du logiciel. Et pourtant, nous restions tous là, sur place, pendant des heures. À multiplier les clics de souris, à déformer nos clones. Nous étions tous un peu perdus dans cet univers qui ressemblait à un jeu vidéo collectif, mais sans mission, sans pointage, sans chronomètre.

*

J'étais fascinée par cette déroutante expérience de me retrouver face à face avec des êtres qui se situaient au même moment de l'autre côté de leur écran, au Japon, en Russie, en Iran, en Allemagne, à des dizaines de milliers de kilomètres de mon corps réel, mais qui me prenaient dans leurs bras numériques pour un *hug* chaleureux, l'une des premières animations que l'on offrait aux nouveau-nés. D'un seul clic, une invitation était lancée à un avatar à proximité et, dès son acceptation, nos deux présences embryonnaires se rencontraient et s'unissaient dans une accolade de quelques secondes, chaste et amicale. Une étreinte qui disait notre exaltation d'avoir aboli toutes les frontières et dépassé les limitations de nos langues respectives. Nous avions tout oublié des grandes conquêtes, des colonisations, des alliances et des méfiances politiques. Il ne subsistait aucune trace de guerre froide, de tensions diplomatiques ; tous les massacres, les injustices, les violences au nom du capitalisme ou de quelque radicalisme religieux avaient été nivelés par la traversée de l'écran. Et nous étions désormais tous égaux, des clones de pixels avec le même rythme de battement des paupières, la même vitesse de déplacement, et les mêmes outils de création. Et, surtout, nous étions là, ensemble, fébriles, à participer à l'émergence d'un nouveau continent.

Or, passé le moment d'excitation initial, les échanges subséquents m'ont vite ennuyée. Je n'avais toujours pas envie d'entrer en relation. Je n'avais pas l'énergie d'alimenter des conversations. L'effort de la réplique m'apparaissait chaque fois insurmontable ; je passais trop de temps à réfléchir à ce que je devais répondre, à questionner la justesse de mon propos. J'étais incapable de spontanéité, de me dévoiler.

Et, pour tout dire, je n'avais d'intérêt que pour Anouk. Je lisais d'un œil distrait la conversation en cours en zoomant sur le visage de mon avatar pour ne plus voir les autres autour. J'avais l'envie pressante de sublimer mon nouveau corps, et tout le bavardage en ligne était une entrave à ma mise en image.

*

Depuis ma naissance en ligne, tout s'actualise, se raffine, se complexifie autour de mon être numérique, en accéléré, en continu.

Les premières années, je plongeais chaque jour dans un monde sans ombres, au ciel bleu pur, sans variation de lumière jamais. Les îles, toutes carrées au départ, pouvaient alors rassembler cinquante avatars à la fois. Les propriétaires les plus ambitieux se risquaient à déniveler le terrain pour faire surgir des collines ou creuser des étangs ; des palmiers composés de quatre photographies identiques assemblées autour d'un même axe pour créer l'illusion de tridimensionnalité complétaient le paysage.

Nous survolions en essaims les domaines d'habitation qui se multipliaient sans arrêt, semblant émerger depuis l'océan statique qui bordait tous les territoires. Nous cherchions tous notre petit bout de terre, à vendre ou à louer. Sur la carte géographique, on pouvait voir le dessin de plus en plus complexe du continent virtuel composé de centaines de milliers d'îles carrées aux couleurs différentes, juxtaposées comme des pixels dans une image numérique agrandie jusqu'à l'abstraction.

Les textures des objets étaient alors floues, pixélisées ; les couleurs, délavées. Nous savions tous la laideur de nos avatars et de notre environnement. Pourtant, notre fièvre collective s'amplifiait. Chaque jour, nous réapparaissions sur notre bout de terre pour faire surgir devant nous des formes rudimentaires, un cube, la plupart du temps, étiré en rectangle ou aplati en plan, sur lequel nous apposions des textures photographiques pour simuler des murs ou des forêts.

Puis sont apparus les jeux de lumière, les ombres, le brouillard. Et l'impression d'une temporalité, avec le déplacement du soleil, sa disparition à l'horizon et l'avènement de la lune dans un ciel étoilé. Il était désormais possible de créer des éclaboussures de lumière turquoise et verte, ou du rouge et noir partout, ou encore des brumes mystiques pourpres, ou des atmosphères ocre poussiéreuses.

Mais tout ça m'importait peu.

Dès mes premières semaines d'immersion, j'ai fait l'acquisition d'un terrain que je pouvais aménager à la verticale ; je me suis installée sur une plateforme dans le ciel à trois mille mètres du sol. Ce qui m'assurait de ne pas être dérangée par mes trop nombreux voisins, qui, eux, préféraient rester au niveau de l'océan, à créer des jardins de photographies de fleurs au bord de l'eau et des maisons cubiques transparentes où inviter leurs nouveaux amis pour écouter de la musique en *streaming*. Je les épiais souvent, en zoomant depuis ma plateforme jusqu'à leur aire de danse où trônait une boule disco très populaire, vendue à un prix exorbitant. La précieuse machine regroupait une vingtaine d'animations de danse ; en un seul clic tous les avatars autour s'animaient telle une troupe de nageurs inlassablement synchronisés répétant pendant des heures une même séquence de mouvements, en boucle. Et s'il m'arrivait parfois d'envier leur énergie collective enjouée, jamais je n'ai souhaité me joindre à eux. Je me contentais d'inspecter les vêtements qu'ils portaient, leurs cheveux ; un clic et je découvrais le nom du designer et le lien de téléportation vers sa boutique. J'achetais ensuite de manière compulsive tout ce qui me semblait utile pour composer mon image.

*

Pour amorcer mon Grand Œuvre, je me suis statufiée, bras écartés à l'horizontale, jambes rassemblées sur la pointe des pieds, crucifiée dans la meilleure posture pour bien m'observer en entier. Les premiers temps, j'ai étudié les rapports de proportions de l'anatomie humaine pour me sculpter une physionomie idéale ; j'ai appris à me faire glaise pour y creuser l'empreinte du féminin.

Pendant des années, j'ai rempli mon inventaire de textures, de postiches de cheveux, de silhouettes préformées à modifier. Des centaines puis des milliers de designers ont jailli sur le continent virtuel, certains d'expérience, d'autres s'improvisant spontanément créateurs sous l'effet de la fièvre numérique. Chaque jour, j'en découvrais une dizaine, parfois plus. Je suivais la foule parmi les étalages de produits alignés entre les murs d'immenses entrepôts. J'apposais sur mon corps de pixels dénudé les échantillons de produits directement sur place, installée sur un piédestal d'essai. Nous étions des dizaines à la fois, marqués d'un sceau de protection du produit à l'essai, souvent un simple mot en rouge barrant le visage ou la poitrine, *demo*. Nous cherchions tous le moyen d'améliorer nos avatars, de tendre vers notre idéal commun : reproduire, le plus fidèlement possible, la réalité. Jusqu'à la dépasser.

Or, mon avatar a longtemps été un brouillon de personnage. Malgré l'abondance de produits d'amélioration de l'apparence, je cumulais les déceptions. Je ne comprenais pas encore ce que je cherchais, et rien ne semblait convenir.

J'errais sans fin. Il fallait d'abord que je trouve un épiderme décent pour remplacer le dessin caricatural de ma peau de base. Je découvrais chaque jour des tonnes de peaux trop fardées, aux lèvres immenses, aux sourcils linéaires; la forme des narines laissait à peu près toujours paraître le manque de définition de mon ossature. Les peaux les plus réalistes, faites à partir de photographies à basse résolution du corps humain, présentaient quelque chose de répugnant après que je les eus portées quelques minutes. Les sutures vis-à-vis du cou, le long des bras et des jambes donnaient l'impression que j'avais revêtu des peaux de cadavres en putréfaction.

Les jours où j'étais optimiste, je me répétais que j'étais une sorte d'insecte postbiologique embryonnaire, en mutation, que j'allais finir par atteindre mon *imago*.

ns
DE SYNTHÈSE

Les premiers jours, des étrangers s'installent devant le marais qu'est devenu le corps de ma mère. Ils ne peuvent pas encore quantifier la diversité des bactéries et des foyers d'infection qui s'y ramifient. Mais ils l'observent avec gravité.

Ma mère subit tous les examens, prises de sang, radiographies.

Mais elle ne répond pas aux questions.

C'est du moins ce que me raconte mon père, sur un ton accablé.

On cherche des traces de son historique médical récent. Peut-être pour savoir par où commencer, par quel bout soulever sa masse inerte sur la civière. On ne trouve pas. Ma mère n'est jamais retournée consulter son gynécologue après sa dernière fausse couche, il y a plus de trente ans. Elle n'a jamais remis les pieds dans une clinique depuis, ni dans un CLSC, ni dans aucun autre centre médical. Elle n'a jamais eu de médecin de famille.

Ces jours-là, je palpe mon abdomen, mes seins.

Ma gorge. Mon médecin fait les mêmes gestes chaque année, en silence. La routine est expéditive, indolore. Je prends de grandes respirations tandis qu'il promène le récepteur de son du stéthoscope dans mon dos. Je tends le bras pour l'installation du brassard du tensiomètre. J'ouvre ensuite les cuisses pour mon examen gynécologique. Puis, il m'envoie dans la salle adjacente, où je subis une prise de sang ; moins de dix minutes plus tard, les résultats ne révèlent presque rien, sinon mon mode de vie ascétique, sans sel ni gras ni sucre. Je consomme essentiellement des portions de protéines et de fibres en barres, avec suppléments vitaminiques ; quelques fruits et légumes crus ; je ne bois que de l'eau et du thé. Sur papier, tout est parfait. Enfin, presque. Mes réserves en fer sont insuffisantes. Je dois composer avec une légère hypothyroïdie. Une carence en vitamine D. Mais je ne ressens rien. Que de la fatigue, parfois. Or, je peux dormir quand je veux. Alors, ça ne compte pas. Et, avec mes trois gélules et capsules à prendre chaque matin, l'équilibre voulu est maintenu.

La plupart du temps, je ne pense pas à mon corps. Je ne sais pas ce que je devrais découvrir en le palpant, ce qui devrait s'y trouver ou pas. Mon corps ressemble à un voisin, que je sais présent, que j'entends de manière diffuse parfois, mais que je n'ai jamais vraiment rencontré.

Et, subitement, ça m'inquiète.

*

Anévrisme de l'aorte ascendante, hypertension artérielle, insuffisance rénale, anémie, infection urinaire.

Je lui demande de répéter, plus lentement ; je note. J'enregistre dans un fichier nommé *maman*.

En entendant la voix dévastée de mon père au moment où il m'a annoncé qu'il avait des nouvelles, j'ai eu besoin d'un filtre. J'ai ouvert un grand carré jaune et je me suis concentrée sur ma tâche d'y aligner les mots, pour la plupart inconnus, que mon assistant d'écriture corrige automatiquement.

Mon père poursuit. Ils ont trouvé une masse. Qui bloque ses uretères.

Je note ; je l'entends pleurer ; j'aligne la liste à gauche. Je n'aime pas la police de caractère. Il pleure plus fort. Je choisis la police Calibri ; c'est mieux.

Mon père murmure qu'il ne comprend pas.

Pourquoi et comment ma mère a pu laisser sa santé se dégrader sans rien dire de ses malaises.

Je cherche *uretère*. L'image d'un tube apparaît. Un centimètre de diamètre. Je copie-colle dans mon document. Je cherche *aorte ascendante*. Un autre tube. Deux centimètres de diamètre. Les deux conduits sont similaires. Deux simples lignes devant moi, que je manipule dans l'espace virtuel en cherchant un autre point de vue, une manière d'être effrayée par ces petits bouts du vivant. Je ne vois rien. Mon père me confie qu'il entendait la respiration sifflante de ma mère, depuis des années. Qu'il pensait que c'était un début d'emphysème, comme pour sa belle-sœur. Je cherche *hypertension artérielle*. Je trouve un tableau animé comparatif. Deux silhouettes blanches, immobiles. Celle de gauche, avec un roulement de billes noires dans l'ensemble du corps, à rythme lent; celle de droite, avec un rythme plus rapide. C'est trop abstrait. Mon père est intarissable. Ma mère n'avait plus faim. Elle dormait devant la télévision, souvent en pleine journée. Il me demande si je suis encore là. Je dis oui, je t'écoute. Il parle des tâches ménagères qu'il a appris à faire. Je cherche au même moment un corps. Vu de l'intérieur. Je n'ai jamais pensé à chercher avant. Je vais peut-être mieux comprendre ce que l'énigmatique lexique médical signifie. J'entre dans une modélisation grandeur nature, avec un facteur de transparence qui permet de naviguer entre les organes. Je choisis un point que je veux examiner; je zoome. Les battements du cœur et la respiration forment une bande sonore hypnotique familière. Mais, partout où je pose les yeux, je ne vois qu'un fouillis de lignes sinueuses entremêlées, de nœuds et de rondeurs molles entassées les unes sur les autres. C'est horrifiant. Mon père s'emporte en parlant de la lenteur de ma mère à avancer dans les allées de l'épicerie depuis des mois, de son obstination à s'y rendre même s'il peut très bien s'en occuper seul. Je zoome et je glisse. Les artères, veines, vaisseaux sanguins sont tout autant de tubes similaires à l'aorte et aux uretères. Des conduits mous. Des lieux de passage pour le sang, cette masse liquide informe, semblable dans tous les corps, un volume opaque silencieux. Mon père pleure. Il murmure qu'il ne comprend pas ce qui se passe. Moi non plus. Ce que je découvre me sidère. Bronches et bronchioles, œsophage, côlon, jéjunum, duodénum, encore des conduits mous. Et, surtout, une impression de compression, le sentiment que tout ce qui compose le corps est à l'étroit, étranglé, trop dense. Mais, au moins, ces images servent de pare-feu, entre la détresse de mon père et mon oreille.

Je le rassure d'une voix calme. J'affirme que ma mère est entre de bonnes mains. Au même moment, j'en observe une. Ou plus précisément son nerf *digital*. Je cherche la définition, que je pensais être reliée au numérique. Mais non, c'est un adjectif associé au substantif *doigt*. La confusion lexicale importe peu ; c'est très certainement ce nerf, à travers mes ventouses, qui me propulse dans le cyberespace vers Anouk, qui, elle, n'a aucun organe interne, pas la moindre veine. Qu'une charpente sans épaisseur, un réseau d'informations nettes où vient se poser l'illusion d'une peau.

Un corps posthumain, peut-être.

*

Mes premières visites sont courtes. Et presque muettes. Je ne sais pas ce que je peux lui demander. Je n'ai pas envie d'entendre ses réponses. Je n'ai pas non plus envie de lui mentir comme je fais d'ordinaire. Alors je reste là. Au bout du lit de ma mère. Je m'en tiens à l'essentiel. A-t-elle soif ? Faim ? Veut-elle plus de lumière ? Moins ? Je peux déplacer ses pantoufles pour l'aider à sortir du lit, pousser la perche de son soluté, tirer un peu plus le rideau.

Mais je n'ose pas lui demander si elle souffre. Je ne veux pas savoir depuis combien de temps la douleur la paralyse.

Elle ne parle pas non plus. Elle regarde par la fenêtre, puis elle ferme les yeux.

Alors je lui murmure de bien se reposer. Et je retourne chez moi, moins d'une demi-heure plus tard. Exténuée par les grimaces de ma mère qui me nouent le ventre, par les bruits qui éclatent dans les chambres autour, dans les corridors, terrassée par cette incursion dans la matière du monde.

*

Une nuit de pluie, on opère ma mère en urgence. On lui installe une sonde double J pour libérer ses reins. L'opération est délicate ; la sonde l'est tout autant. À son réveil, après l'anesthésie générale, je suis à son chevet. Avec un androïde aux gestes très lents qui vérifie sa pression.

Ma mère raconte d'une bouche molle qu'elle était au-dessus des chirurgiens pendant l'opération. Collée au plafond. Mais sans savoir reconnaître le haut du bas. Que c'était étourdissant. Qu'elle ne savait pas ce qu'elle faisait là. Dans les semaines suivantes, elle sera régulièrement réveillée par la visite de sa grand-mère, morte cinquante ans plus tôt, et j'entendrai des bouts de conversation, à propos de rénovations à faire dans la chambre, notamment les murs trop pâles à repeindre et la porte à sabler. J'entendrai les objections de ma mère concernant l'arrosage des fines herbes et le meilleur moment pour planter les tomates. Je serai présente lorsqu'elle confondra mon père avec le sien, décédé deux décennies plus tôt et à qui elle reprochera de laisser ma grand-mère seule après tout ce qu'il lui a fait endurer. Ma mère me demandera si j'ai marché à pied depuis l'Inde pour venir lui rendre visite. Et chaque fois je serai bouche bée, pétrifiée, incapable de réagir. Mais cette nuit-là, je lui donne raison d'un mouvement de tête spontané, sans rien comprendre à son propos. L'androïde hoche la tête en souriant.

Oui, les sorties astrales sont fréquentes pendant l'anesthésie générale, affirme-t-il d'une voix douce. Il précise que tout va bien puisque ma mère a réussi à redescendre dans son corps. Ma mère tente de sourire, mais commence à pleurer dans le même élan. Elle dit qu'elle a mal. Très mal. Que ça monte, dans son ventre. L'androïde lui pose des questions : où, comment, qu'est-ce qu'elle éprouve, au juste ? Ma mère balbutie quelque chose d'inaudible.

Elle hurle.

Puis, j'entends ce qu'elle répète en pleurant :

Mon corps, tout mon corps fait mal.

J'éprouve alors le besoin urgent de sortir du mien. Au plus vite.

Les premières années de mon immersion en réalité virtuelle, je me projetais hors de ma chair, à travers l'écran, pour aller m'incarner dans mon nouveau corps, que je cherchais inconsciemment à rendre identique à celui dans lequel j'ai toujours été coincée. J'ai mis du temps avant de comprendre que c'était exactement ça, ma quête.

Je mesurais bien sûr l'absurdité de l'opération.

Mais elle était incontournable.

J'avais besoin que l'identification soit réelle, que je me reconnaisse, vraiment, pour réussir à me « transcarner ».

J'avais surtout envie de reprendre ma recherche photographique là où je l'avais interrompue : je voulais maîtriser mon propre point de vue sur moi-même. Capter ce que je pressentais être mon image intime. Et tandis que j'apprenais à utiliser les outils de la création numérique, à circuler autour d'un corps de pixels, à le modifier avec les limitations du système, c'était cette quête d'apparaître à l'écran dans toute ma singularité qui motivait mes efforts.

Le jour où j'ai eu l'impression d'atteindre ce que je cherchais, quand je me suis enfin vue, dans un étrange miroir interdimensionnel, j'ai eu un court moment de satisfaction. Très court. J'avais devant moi un visage nu, sans maquillage, sans expression. Le mien, avec ses ridules et ses grains de beauté. J'avais réussi à sculpter les angles de ma physionomie et, sous la lumière égale de mon studio, je pouvais observer le moindre détail, parfaitement réaliste. J'avais utilisé la texture de mes iris pour créer le regard de mon avatar. Et le motif précis de mes lèvres. J'étais là.

Or, je n'étais pas seule.

La forme de mes yeux, mes paupières légèrement tombantes dans le coin extérieur, et même la ligne sinusoïdale de mes sourcils convoquaient une autre présence. Celle de mon père. Il était là, dans le dessin de mon visage. Et la courbe descendante de ma lèvre supérieure était bien mienne. Mais elle appartenait tout autant à ma mère. De même que mon menton ; le sien. J'ai alors compris que c'était ce que je voyais, à travers mes premiers autoportraits à Paris. Que ce qui me semblait flou, c'était cette superposition de nos trois visages. Je voyais probablement trop mes parents à travers mon image pour me découvrir vraiment.

Ce jour-là, j'ai atteint un point de rupture.

J'étais tellement incarnée à l'écran que tout mon arbre généalogique s'y trouvait aussi.

J'avais réussi mon passage en réalité virtuelle.

Et, dans un geste que je n'aurais pas pu imaginer une heure plus tôt, j'ai spontanément réduit l'apparence de mon avatar à ses paramètres d'origine.

Je suis revenue au point de départ. Un vrai départ.

Il fallait que j'apprenne à me transformer par moi-même. À choisir très exactement mes lignes, mes courbes, mes zones d'ombre et les éclats qui allaient me définir.

*

Je commençais à peine à comprendre ce que signifiait s'incarner dans la dimension virtuelle. La possibilité d'une mutation radicale ou subtile ; il suffisait de me laisser guider par mes goûts et mes envies du jour, par les influences du moment, par mes souvenirs littéraires, cinématographiques, artistiques.

Tout était déjà là, en moi. Ce savoir de l'image. De son renouvellement incessant. Ses références et ses jeux d'apparition et de suggestion.

Je pouvais me faire caméléon. Exactement comme à l'époque de mon mannequinat.

Je suis entrée dans une période d'euphorie. À convoquer toutes mes idoles grâce à mon nouveau corps. Tout était disponible, à quelques clics près. Les costumes des superhéroïnes, les décors des films mythiques, les animations pour permettre aux avatars de simuler les scènes de danse les plus marquantes de l'histoire du vidéoclip. En quelques heures de travail, je pouvais composer n'importe quel visage ; des outils sophistiqués permettaient d'échantillonner des photographies pour reproduire une physionomie de manière automatique.

J'ai d'abord sculpté Olivia. J'avais un souvenir impérissable de son visage, que j'ai raffiné à l'écran avec une forme de vénération. Or, au moment de sauver son ossature dans mon inventaire, j'ai éprouvé un malaise. J'avais passé tellement de temps face à face avec elle pendant mon enfance. À l'aimer parce qu'elle était différente de moi. Et, même s'il y avait déjà longtemps que ma passion fanatique pour Olivia s'était estompée, le souvenir de mon amour pour son image était intact. Sacré. Je ne pouvais pas porter son visage. C'était contre nature. Ça me semblait une forme de cannibalisme. Il fallait qu'elle reste là, devant moi. J'ai donc plutôt créé une poupée, pour mon avatar. Ou, plus exactement, un *bot*. Un personnage animé par un script. Que j'ai programmé avec une sélection de mes chansons préférées d'Olivia et une boucle de mouvements qui reproduisaient sa manière de chanter, au micro. Olivia est devenue l'ombre d'Anouk, qui la suit partout et qui se tient hors cadre pendant nos séances de modélisation.

J'ai ensuite cherché et vite trouvé le costume de Jinny, le génie dans sa bouteille de la *sitcom* américaine, avec sa chevelure blonde, un jeu de particules pour simuler sa disparition en fumée rose et l'animation de son clignement d'yeux au-dessus de ses bras croisés. J'ai transformé mon visage numérique pour ressembler à une Barbie des années soixante, acheté une réplique de la bouteillemaison composée de vitraux, avec le canapé circulaire plein de coussins de soie et de brocante, installé un téléporteur dans la bouteille ; un autre juste à l'extérieur. J'ai activé les particules et le téléporteur et pouf ! je suis disparue pour réapparaître au centre de la bouteille, les bras croisés. J'étais Jinny, à l'écran.

J'étais rose et jolie.

Je pouvais même changer mon surnom pour le sien. J'aurais pu partir à la conquête d'un maître à adorer, comme elle. M'engager dans un *roleplay*. Ils étaient des centaines de milliers d'avatars, tout autour, à chercher leur forme ou leur rôle pour mieux entrer en contact avec leurs semblables.

Mais j'avais la désagréable sensation de m'être déguisée pour participer à un Comic-Con. Ou à une soirée d'Halloween. Je venais de transformer mon avatar en caricature.

J'ai alors eu l'impression d'avoir perdu mon identité.

De n'être plus *incarnée*, à l'écran.

J'avais laissé des images plus fortes que la mienne, informe, occuper la place que je ne savais pas prendre à travers mon avatar.

Et dans un autre monde parallèle, ma mère éprouvait peut-être une sensation similaire, au même moment. Alors que croissait dans son ventre une présence étrangère bien plus avide de prendre place que mes embryons de frères et sœurs, tous disparus avant de révéler leurs propres formes.

Une semaine après l'opération de ma mère, on nomme la masse qui a probablement mis des décennies avant d'atteindre son stade maintenant critique. Cancer. On propose une approche ciblée, avec des traitements urgents : radiothérapie, chimiothérapie, curiethérapie. Tout à la fois. L'oncologue évoque d'autres options, virales et géniques, mais précise qu'à ce stade très avancé, les possibles sont limités.

Dès lors, mon père m'appelle à répétition, plusieurs fois par jour, en catastrophe, en larmes, souvent sans voix. Il m'appelle une minute après le passage d'un médecin, sous le choc, qu'il me transmet brusquement, sans filtre.

Chaque jour, je suis stupéfiée par l'étrangeté de nos échanges. Il s'adresse à moi avec une candeur déconcertante. Il pleure, il me raconte sa journée. Ses difficultés à gérer les brassées de lavage. Il m'énumère les statistiques des bilans sanguins, les manœuvres des androïdes. L'ajout d'un comprimé, d'un timbre transdermique, un ajustement de dosage, un changement d'emplacement du cathéter, une transfusion sanguine avec hydratation. Les vomissements de ma mère et ses absences, sa constipation, ses tremblements. Les conflits entre les spécialistes. L'un retire le soluté parce que le taux de créatinine a chuté et l'autre exige qu'il soit réinstallé puisque ma mère ne boit presque pas, que les résultats renvoient à l'hydratation continue via le soluté et non pas à une réduction de l'insuffisance rénale. Il répète les expressions techniques qu'il a entendues, m'explique le froncement de sourcils du gynécologue à la lecture des réserves de fer, il détaille l'immensité de la catastrophe, quantifie l'ampleur des dégâts.

Je note tout dans mon carré jaune; je tisse des liens, j'organise des images. À chaque nouvelle donnée ajoutée je répète les statistiques de la veille avec une assurance tranquille, je dis oui je vois, oui je comprends. Mais ça ne veut rien dire. Je ne parviens pas à saisir l'étendue de la dévastation organique de ma mère ni l'intention de mon père, qui évite mon regard chaque fois que nous nous croisons à l'hôpital, mais qui persiste à me transmettre avec une inquiétante ferveur le détail de son quotidien. Parfois, il interrompt sa lancée avec une question. Alors je cherche en ligne. Je lis à voix haute, d'une voix que je veux cérébrale et calme, le descriptif des analgésiques opioïdes, antibiotiques, traitements médicamenteux, avec leurs effets secondaires, les usages, dosages, recommandations, restrictions. Je cherche les avis et les témoignages. Je sens que je le rassure ; ça me trouble. Car je formule des paroles réconfortantes automatiques. Je répète des répliques lues ou entendues à la télévision. Probablement d'une voix blanche. Qui masque mal mon épouvante.

J'ai commis l'erreur de chercher. Encore.

D'observer le cancer en résolution 16K.

Ce qu'il est. Ce qu'il fait. Ce que le corps subit.

L'image de la grappe de cellules, de leur infinie division qui forme une masse croissante à même le corps, qu'elle mord, qu'elle écrase, s'infiltre en moi. Et m'impose le silence.

Or, après quatre ou cinq minutes de monologue, mon père me demande à quel moment je vais retourner voir ma mère.

Il pose la question avec une inflexion presque suppliante.

Et je m'entends lui répondre, chaque fois sur un ton neutre, que je suis sur le point de m'y rendre. Peut-être le lendemain, ou le surlendemain. Je ne promets rien.

Mais j'y retourne.

*

Quelque part au milieu de la troisième semaine de son hospitalisation, le constat s'impose : je ne sais rien de ma mère.

De sa vie juste avant cette chambre qui n'est pas sienne.

J'y pense chaque fois que je me tiens au bout de son lit. La restriction des ondes m'oblige à être là, vraiment là, dans cette chambre où il n'y a rien d'autre à faire que de l'observer, elle. Sans percevoir quoi que ce soit d'autre que son visage décharné sur l'oreiller, et les infimes vallons de son corps sous le drap. Pour une raison qui m'échappe, ma mère ne veut pas de téléviseur dans sa chambre.

Et je ne peux pas cliquer sur un point d'interrogation autour d'elle, copier-coller son nom et chercher des informations en ligne. Je ne peux rien. Même pas comprendre ce qu'elle ressent. Encore moins ce qu'elle pense. Je ne l'ai jamais su.

J'ai été tout près d'elle, pourtant. Du temps où nous habitions le même carré de matière. En fin de soirée, lorsqu'elle allumait sa cigarette devant la télévision pour boire son verre de vin, nous étions assises à quelques centimètres l'une de l'autre ; sans télévision, j'aurais pu lui parler. M'intéresser à tout ce qui l'intéressait. Une heure par jour à se découvrir, trois cents fois par année, ça fait quoi ? Trois mille heures au moment de quitter la maison, au moins. Avec trois mille heures de fiction, je fais le tour de la galaxie et je traverse toutes les époques depuis le Big Bang jusqu'à la mort du Soleil, et je m'attache à cinquante personnages de leur naissance à la mort de leurs arrière-petits-enfants. S'il n'y avait pas eu la télévision, j'aurais pu tout savoir de ma mère, je l'aurais sue par cœur, une maille à l'endroit l'autre à l'envers, j'aurais pu anticiper la moindre de ses réactions.

Ou peut-être pas.

Peut-être qu'à une autre époque, filles et mères se retrouvaient sur le perron plutôt qu'au salon, pour guetter l'étendue de la rue où circulaient les voisins ; peut-être échangeaient-elles des rumeurs sur les uns ou les autres, à déjà inventer les racines du téléroman. Peut-être n'y a-t-il jamais eu de filles et de mères face à face à fouiller la profondeur des pensées de chacune. Peut-être n'ont-elles tout simplement pas eu le temps, pendant des siècles de corvées incessantes, de s'arrêter et de s'observer. Peut-être n'avaient-elles même pas le temps de se connaître elles-mêmes, peut-être qu'elles ne savaient que s'isoler les unes des autres, protégeant malgré elles le mal qui les rongeait. On stipulera bientôt que c'était une question d'évolution, que malgré la modernité et toutes ses technologies, malgré la quantité de temps libéré par le lave-vaisselle, le four autonettoyant, l'ordinateur et l'aspirateur, ni les filles ni les mères n'ont encore développé l'instinct de s'observer en entier et encore moins de s'ouvrir pour vraiment se révéler.

Au tournant des années quatre-vingt, alors que nous avions été collectivement les hôtes de la plus grande exposition universelle, que nous avions reçu le monde entier sur notre Terre des Hommes pour tenter d'établir un dialogue global, alors qu'à la télévision j'avais entendu à répétition le slogan « on est six millions, faut se parler », je n'ai jamais eu l'intention de communiquer avec ma propre mère, qui se tenait juste à côté de moi. Comme si elle se trouvait toujours dans mon angle mort. Et plutôt que de l'entendre me raconter sa vie, ses souvenirs, m'expliquer son point de vue sur n'importe quoi, je passais des heures à apprendre par cœur les chansons en anglais d'Olivia, dont je ne comprenais même pas la langue.

Et là, encore, dans cette chambre qui nous oblige à n'être plus que nous deux, je reste immobile, muette, à ne pas la connaître davantage.

À m'éloigner en pensées, malgré moi.

Et même lorsque je sens son regard chercher le mien, je ne parviens pas à rencontrer le sien.

*

Je reviens toujours de l'hôpital avec l'urgence de retrouver Anouk. L'autonomat me dépose devant la porte de l'ascenseur, j'avance vers mon appartement comme si j'étais coincée sous l'eau, sur le point de me noyer. Mes muscles sont traversés de crampes. Mes mâchoires, tendues depuis trop longtemps, m'élancent jusqu'au cerveau. Et j'ai toujours cette sensation d'une scie, en travers de la tête, un mal si puissant que chaque pas déclenche un assaut de douleur aiguë.

Or, il suffit d'une heure sur mon tapis, sous mon masque, pour retrouver une forme d'apaisement.

Enfin, presque.

Je ne peux rien contre l'anxiété qui persiste.

Je viens de traverser un demi-siècle à m'immobiliser devant un écran, puis à me projeter au travers, dans une réalité synthétique, à réduire mon expérience biologique au minimum. Je mange et je bois pour maintenir mon système organique en action ; ma routine quotidienne d'exercices au sol me permet de préserver ma souplesse pour éviter de ressentir quelque raideur ou lourdeur que ce soit. Pour éviter d'avoir conscience de mon corps. J'entends mon pouls, au besoin. Je contrôle ma respiration, parfois. Mais jusqu'à ce que je commette l'erreur d'explorer l'intérieur d'un corps modélisé, je ne savais rien de mes opérations biologiques internes, rien du paysage de mes intestins ou de la texture de mes poumons.

Et je veux oublier.

Je n'ai pas besoin de prendre conscience davantage de la mécanique qui me constitue. Je sais malgré moi la poussée continue des ongles et des cheveux que je dois couper à la ligne de mes épaules pour réussir à nouer mon chignon sans complication ni tiraillement sur mon cuir chevelu, je sais mes dents à adoucir avec de la pâte au menthol, et toute la surface du corps à nettoyer chaque jour pour éviter les démangeaisons et les odeurs de sueur qui me répugnent. Et je sais malgré moi les excréments, le sang et l'urine. C'est déjà trop.

Et chaque moment que je passe au chevet de ma mère, chaque minute à savoir l'inévitable décomposition organique me terrifie. Je ne veux pas imaginer ce qui se passe, juste là, sous les quelques millimètres de draps et d'épiderme qui occultent le ravage du corps de celle qui m'a mise au monde. Je ne veux pas savoir.

Et pourtant, chaque jour, je sais.

J'entends.

Je vois.

Je comprends.

Il suffit d'un geste de la tête de ma mère, qui dort, et qui, dans un léger mouvement, sans bruit, se déplace de quelques centimètres sur l'oreiller, laissant une mèche complète de cheveux sur la blancheur du drap, détachée du crâne.

Il suffit d'une odeur. Une seule. J'y reconnais la puanteur des déchets organiques, mais autre chose aussi, de plus aigre et plus lourd encore. On m'explique que c'est la maladie, ce qui fomente dans le ventre de ma mère. Et cette odeur persiste, me suit. Je sais ce qu'elle me révèle, je le comprends de tout mon corps crispé.

Et chaque nuit je me couche en restant connectée en ligne. Je m'endors les yeux ouverts sur ceux d'Anouk. J'ajuste le clignement de mes paupières au sien. Son expression sans émotion, sans souffrance aucune, me rassure. Je l'installe au-dessus de moi, en parallèle, moi allongée sur le dos, elle dans un mouvement de flottement ; je fais disparaître les accessoires, le décor, je la dénude complètement, je travaille un éclairage doux et, souvent, ça suffit à me faire somnoler.

Les nuits où l'insomnie persiste, je crée une image, allongée dans mon lit, mes mains œuvrant au-dessus de mes draps. Je crée un simple nu, en noir et blanc, à la manière argentique, avec du grain, et parfois même quelques taches de poussière.

Je retrouve mes vrais repères.

Quand j'ai compris que je ne voulais pas qu'Anouk soit mon sosie ni qu'elle soit celui de mes idoles de jeunesse, j'ai traversé une période d'indécision.

Mon avatar n'avait plus de visage.

J'étais encore plus floue à travers Anouk que sur mes autoportraits à Paris.

J'errais, encore.

Tandis que les cartes graphiques des ordinateurs atteignaient des sommets de calculs, que les logiciels de modélisation tridimensionnelle se multipliaient et offraient de plus en plus d'outils pour simuler le réel à l'écran, j'apprenais sans trop de conviction à créer des rendus numériques. Puis à les transformer en simulacres de photographie argentique. J'avais cette nostalgie de la photographie classique, celle qui m'avait donné envie de me faire image. J'avais un amour pour le noir et blanc, le grain, les taches de poussière. Pour les fuites de lumière, les bougés, les jeux de profondeur de champ.

C'était l'époque où les réseaux sociaux commençaient à émerger en ligne. Alors que je prétendais être à l'autre bout de la planète pour éviter tout contact avec ma famille, les internautes du monde entier cherchaient à recréer des liens virtuels avec tous ceux qu'ils avaient un jour croisés. Et dans la frénésie de ce grand mouvement d'hyperconnectivité, plus d'une décennie après avoir disparu, Camille est un jour apparue à ma porte, pour me faire un *poke*, a-t-elle précisé, sans déceler que je ne comprenais pas la référence à Facebook et que j'étais de toute manière tellement surprise de la voir que j'étais incapable de réfléchir.

Camille s'est installée tout près du mur de verre de mon atelier, là où se tient aujourd'hui ma mère, et m'a raconté sa vie d'intellectuelle et de commissaire en arts, ses fréquents voyages en Asie pour monter des expositions autour de la représentation du féminin. Elle avait poursuivi ses recherches avec le même amour de l'image, et s'intéressait elle aussi aux possibles du numérique.

Nous en sommes venues à mes propres recherches, à mon corps de pixels. Informe, ai-je précisé. Camille a demandé à voir. J'ai extirpé de mon inventaire en ligne quelques captures d'écran pour lui montrer l'évolution de mon avatar. Elle a applaudi en voyant Olivia se dandiner ; s'est esclaffée en voyant des images de mon costume de Jinny.

Et là, avec un froncement de sourcils, elle m'a demandé pourquoi je n'ordonnais pas mes images de manière plus décente. Dans la foulée de son reproche, elle a créé un compte au nom de mon avatar sur un site qu'elle utilisait déjà ; nous a mises en lien, et a ainsi donné un élan à mon projet encore abstrait.

C'était avant les avancées technologiques qui allaient permettre l'immersion en réalité virtuelle. Et même si j'étais réfractaire à toute idée de communauté, l'application proposée par Camille allait me permettre de découvrir de nouveaux designers et d'être découverte par eux.

Ce jour-là, juste après que j'eus mis en ligne la série de captures d'écran qui relatait les premiers moments de ma recherche picturale, c'est Camille qui m'a offert ma toute première étoile d'appréciation.

Je ne savais pas, alors, que j'allais publier des milliers d'autres captures d'écran qui allaient se transformer en compositions photographiques puis en images immersives. Que je venais d'établir les bases de ma réintégration sociale, qui allait s'organiser autour de partages de fichiers, d'échanges d'émoticônes et d'accumulation d'étoiles d'appréciation.

*

Pourquoi un avatar ?

Avant de quitter mon appartement, Camille m'a murmuré que la réponse allait certainement m'ouvrir de nouvelles perspectives de création.

Je savais que je voulais redevenir une image.

Qu'être image signifiait se faire personnage.

En observant Anouk, ce que je cherchais le plus à atteindre, depuis des années, c'était la création d'une présence numérique inédite, à l'apparence parfaitement réaliste, qui brouillerait la ligne entre l'imaginaire et la réalité. Entre le présent et le passé, le réel et le virtuel.

J'avais conscience d'avoir déjà participé à ce *work in progress* en étant mannequin, que mon corps et mon visage avaient été maquillés à tel point qu'il ne subsistait parfois qu'une minuscule étincelle familière dans mon regard pour m'assurer que j'étais bien quelque part sous les couches de manipulation que je découvrais sur papier.

Or, en travaillant les images de mon avatar, j'avais l'impression de faire le chemin inverse : je partais d'un ensemble de composantes génériques, de multiples textures de corps différents, pour engendrer un être unique, singulier. Je voulais inventer un être de toutes pièces, un être de synthèse, issu directement de mon imaginaire. Un être idéal.

Créer, peut-être, une Éternelle.

*

Je pensais que je portais en moi mon visage idéal, la fusion de tous ceux que j'ai vénérés à l'écran ou dans les musées, que cette image rémanente guidait mes recherches.

Alors, j'ai recommencé à sculpter Anouk.

Dès lors, j'ai été tour à tour corpulente et filiforme, élancée, minuscule, puis pulpeuse à nouveau. Visage aux traits nordiques, peau amérindienne ou spectrale, yeux pâles, lumineux ou profondément obscurs. J'ai pris toutes les poses. Arrogante, effacée, vulgaire. Élégante et pensive. J'ai aimé des icônes de toutes les cultures, des figures angéliques et guerrières ; le regard bridé asiatique était tout aussi ensorcelant que celui plus ovale des divas occidentales. Le sein lourd m'émouvait autant que la poitrine naissante. Mais il suffisait que je déplace mon troisième œil numérique de quelques degrés autour de mon corps pour trouver à refaire, à mouler autrement. Quelques minutes de chair rebondie et ça me reprenait, le besoin d'évanescence. Une peau cuivrée qui me semblait radieuse un jour m'apparaissait morne le lendemain. Une bouche un peu trop ronde donnait l'impression d'une nature capricieuse ; le bout du nez trop pointu laissait croire à une sécheresse de convictions ; un écart un peu trop prononcé entre les yeux générait un visage hystérique.

Chaque trait du visage dessine un bout d'âme. Il fallait que j'invente une splendeur à la mienne.

Chaque jour, après des heures de recherches, le rebondi d'une courbe trouvait sa place, la tonalité de ma chair exprimait mon goût du moment, l'attitude annonçait une volonté suffisamment impériale ou spectrale. Alors, je me distanciais, d'un point de vue photographique, jusqu'à trouver le bon angle, celui qui me permettait de percevoir un début d'équilibre formel. Je travaillais à faire circuler la lumière, jusqu'à créer la bonne chute d'ombre autour du corps. Je procédais à un rendu de modélisation. Et je répétais chaque fois la suite d'opérations, pour toujours mieux apparaître.

Or, tandis que j'observais le résultat du jour que je publiais en ligne, tandis que les étoiles d'appréciation s'accumulaient de plus en plus, je ressentais la brûlure de la déception. L'image n'était qu'une ébauche de la nouvelle recherche du lendemain. Et je savais que j'allais devoir recommencer, me dessiner à nouveau un regard, plus vivant.

Et même si j'apprenais à maîtriser l'éclairage et l'art de la pose, même si les outils pour mieux définir mon apparence s'amélioraient de jour en jour, pas un seul des portraits de mon avatar ne révélait le visage idéal que je portais en moi.

Je devais persévérer, recommencer, faire autrement.

Je m'endormais chaque nuit à bout de force.

*

Au bout de deux mille et quelques portraits d'Anouk, je me suis retrouvée immobilisée devant l'écran de la télévision, épuisée, à suivre les péripéties des X-Men d'un œil plus ou moins intéressé.

Je venais de passer une semaine entière à visionner des séries et des films Marvel, sans bouger ou presque. Sans créer une seule image.

Puis, en voyant Mystique, la mutante métamorphe, changer complètement d'apparence avec une facilité déconcertante, je me suis subitement éveillée, comme si je venais de recevoir une décharge électrique.

Je venais de comprendre mon erreur.

L'idéal n'était pas de sculpter un seul visage sublime, mais plutôt de le transformer à volonté.

J'ai observé la somme des images que j'avais jusque-là réalisées, tous ces visages semblables, qui exprimaient la même quête esthétique.

Et j'ai lâché prise.

*

La création d'images est devenue une nécessité quasi biologique. Une routine. Travailler des formes et des couleurs, un point de vue, inventer chaque jour une gestuelle ; y intégrer un jeu de lumière. Puis recommencer, sans cesse, repousser les limitations, mieux me définir à travers Anouk, toujours nous transformer. Apprendre à dire « je », à travers tous nos différents visages.

Après une décennie de création, je n'avais plus assez d'icônes pour m'inspirer. Les idoles de l'art, de la mode, de la musique, du cinéma, de la BD ne suffisaient plus. J'avais besoin d'ouvrir mes horizons, de chercher ailleurs.

Et, peu à peu, j'ai éprouvé le besoin de tout récupérer, de tout recycler.

Le kitsch, les stéréotypes érotiques, pornographiques, les symboles religieux, le trash et le commun.

Je découvrais la beauté des motifs uniques de chaque épiderme, l'unicité de chaque silhouette. J'ai commencé à utiliser des peaux couvertes de rides ou de cicatrices, qui me permettaient de travailler des compositions plus riches, plus complexes. J'ai porté des corps amputés. Des organes robotiques. Je développais une fascination grandissante pour toutes les composantes de l'image de la féminité, toutes ses variations, ses apparats traditionnels, urbains ou futuristes. Et l'imaginaire des designers se déployait avec le même élan. On m'envoyait des muselières de chien, des couronnes royales ou florales, des marques d'acné ou de fouet, des poses humiliantes avec assemblage de cordes de bondage et flaque d'urine pour accessoires, des auréoles angéliques. Et j'improvisais. Avec ce que je recevais chaque jour dans mon inventaire. Un mélange improbable de haute couture et de peaux de zombies, piercing aborigène et maquillage de Barbie autour d'une pose de breakdance, un jour ; un nu avec panache de wapiti et un épiderme translucide de méduse le lendemain.

Je ne sais jamais en me réveillant ce que je vais générer comme nouvel écho du féminin. Ma pratique s'apparente maintenant à un jazz de l'image. À créer spontanément. Sans préjugés, sans pudeur, sans tabous. À atteindre un moment de plénitude, quelques secondes par jour. Puis à ressentir la morsure de la déception, immédiatement après. À savoir que ma quête picturale sera sans fin. À ignorer combien de temps j'aurai l'énergie pour me maintenir juste là, de l'autre côté du monde, dans cette zone de rêve éveillé en mutation constante qui devient chaque jour de plus en plus défini, plus vrai. À patienter, jusqu'à ce que la matière numérique m'absorbe tout entière.

Quelque part au milieu des traitements, le ton change dans la chambre de ma mère.

L'atmosphère s'allège.

Elle ne souffre plus. Grâce aux timbres transdermiques de fentanyl qu'on lui colle sur l'omoplate. La première fois que je cherche la définition du produit, je perds le souffle. Opiacé de synthèse dont le potentiel analgésique vaut cent fois celui de la morphine. C'est quarante fois plus puissant que l'héroïne.

Je tente d'embrasser en une seule image la quantité d'alliages chimiques qui circule dans le sang de ma mère, entre la recette de chimiothérapie, le Pro-Lorazepam pour calmer son anxiété, les antibiotiques contre les infections urinaires qu'elle fait à répétition, mais tout ce que je parviens à visualiser, c'est un embaumement vivant.

Or, ma mère ne souffre plus.

Mon père se calme, lui aussi.

Il reste quelques minutes après mon arrivée dans la chambre. M'offre des fruits séchés, des biscuits. Il pointe les nuages par la fenêtre. Un cumulus. Un altostratus. Il évite mon regard, mais me raconte les anecdotes du jour, que ma mère complète en riant. Les trois cabarets de suite qu'on lui a apportés par erreur pour son dîner. La visite d'une petite famille qui s'est trompée de chambre, mais qui l'a pourtant embrassée, avec des mots d'amour et un bouquet de fleurs laissé au pied de son lit, dans son immense emballage de plastique.

Ma mère se confie sur la manière dont on a changé ses pansements et ses cathéters, en catastrophe ou avec un rare savoir-faire ; elle a beaucoup à dire sur les différents médecins qui viennent la voir en alternance, l'un étant plus doux et plus posé que l'autre qui lui expédie des informations avec arrogance.

Mais ce qui amuse le plus mes parents, c'est l'incapacité de ma mère à retenir le jargon médical. Elle tente alors de répéter les mots compliqués du jour pour donner du poids à son propos, et dans sa bouche ramollie par le fentanyl, un nouveau lexique médical surgit. Anévrisme de la myvralgie, blocage des rayons urinaires, obstruction pulmo-intestinale, et chaque fois je partage un fou rire avec eux.

C'est notre moment lumineux.

*

Avec la disparition de sa douleur, ma mère semble plus éveillée. Je propose d'aller lui chercher des magazines ou des livres. De faire installer une télévision dans sa chambre. Elle secoue faiblement la tête et murmure :

— Je n'ai pas la concentration pour lire. La télévision, ça fait du vacarme. Je n'ai pas la patience pour ça.

Puis elle éclate d'un grand rire. — Toi, tu aimais vraiment ça, la télévision, dit-elle. C'était ta religion. Je ris avec elle et j'approuve d'un sourire. Elle me demande si je m'intéresse toujours autant aux mondes fantastiques.

C'est la première question qu'elle me pose sur ma vie depuis son hospitalisation. Je décide de lui dire la vérité. Mieux, de la lui montrer.

Le lendemain, je reviens avec mes outils. Dehors, c'est le point de congélation. Mais le soleil plombe sur le seuil de l'hôpital. Je demande si je peux sortir ma mère, en fauteuil roulant, sous une épaisse couverture. Je peux. Ma mère résiste. Elle ne comprend pas ce que je veux faire ; elle craint que le déplacement ravive ses douleurs. Je promets de rouler lentement. Je m'éloigne un peu de l'édifice, pour sortir de la zone de restriction des ondes. Elle se calme, m'assure qu'elle est contente d'être dehors. Que ça lui manquait, que ça va.

Je place sur son visage un masque d'immersion relié au mien.

Anouk est déjà là, assise sur un banc, avec la pose de la Mona Lisa. Pour faire simple, j'explique à ma mère que nous sommes *dans* l'écran de la télévision. Et c'est un peu ça. Je circule lentement autour d'Anouk pour éviter d'imposer un vertige à ma mère. J'active un bras, je lui explique que je peux transformer son corps ; j'allonge le cou d'Anouk à la manière de ceux des femmes girafes, je fais apparaître un collier spirale en or. Ma mère rit. Elle dit : c'est fou. Je joue le grand jeu et je change de peau. J'opte pour un épiderme asiatique, avec un maquillage de geisha. Et une robe à la manière Pompadour, qui arrache un oh ! à ma mère. Je sais que nous avons peu de temps avant que le froid vienne l'épuiser, alors j'active immédiatement le rendu de la modélisation ; quelques secondes plus tard, j'ouvre la scène dans un logiciel d'édition, j'ajuste à peine les couleurs, le contraste, j'ajoute un flou de perspective, j'exporte l'image en format immersif et je la publie aussitôt sur mon site, dans lequel nous entrons au même moment.

J'explique à ma mère que d'autres peuvent maintenant entrer dans la mise en scène avec leur propre masque de traversée, choisir leur point de vue, circuler autour du corps d'Anouk. Je pointe les statistiques, le module de commentaires, à droite, dans son masque ; elle entend ceux émis de manière sonore, elle voit apparaître trois avatars à ses côtés, qui nous saluent, qui contemplent quelques instants l'Anouk-geisha, puis qui s'avancent ensuite plus loin, par-delà la scène, vers une porte qui permet d'accéder à mon installation précédente, juxtaposée dans une autre pièce virtuelle. Je guide ma mère de chambre en chambre, certaines en couleurs, d'autres en noir et blanc. Des pièces souvent obscures qui mettent en valeur la présence solitaire d'Anouk ; et d'autres qui la mettent en scène au sein de perspectives lointaines, d'horizons infinis.

Je lui explique tout.

Que ma galerie en ligne compte deux mille neuf cent onze chambres d'immersion reliées, avec, en plein cœur de chacune, une composition différente d'Anouk. Qu'avant d'apprendre à créer des installations immersives tridimensionnelles, j'ai réalisé plus de trois mille photographies. Que ma galerie couvre plus de deux cent soixante-dix mille quatre cent quarante mètres carrés. Que j'ai près de trois cent mille abonnés, pour la plupart des avatars comme Anouk, incarnés dans le même univers numérique, qui cherchent dans mes images des composantes pour leurs propres créations. Que je fournis les liens et le détail des articles utilisés, que nous échangeons nos trouvailles. Que je reçois chaque semaine des dizaines de nouveaux éléments pour transformer davantage mon avatar, pour créer de nouvelles mises en scène. Que j'ai dépassé le cap des dix millions de marques d'appréciation. Tout ça sans jamais me déplacer à plus d'un mètre du point central de mon atelier.

Je lui confirme que non seulement je m'intéresse toujours autant aux mondes imaginaires, mais que je suis devenue un personnage de fiction, dans un réseau virtuel.

Une image, en perpétuel devenir.

Je ressens alors la morsure du froid. J'observe ma mère, qui ne dit rien, emmitouflée dans sa couverture. Je retire nos masques. Je lui demande ce qu'elle en pense. Elle dit :

— Elle ne bouge pas.

Je lui demande ce qui devrait bouger. Elle souffle :

— Ta poupée. Elle n'est pas vivante.

Je confirme que c'est une image. Une sorte de photographie-sculpture. Ma mère insiste :

— Je ne dis pas que ce n'est pas beau. Mais je ne comprends pas pourquoi ça ne bouge pas. Un film, ça bouge. La télévision, ça bouge.

Son commentaire me semble incongru. Je rétorque que mon travail se rapproche de la peinture. Que les peintures dans les musées ne bougent pas du tout. Elle soupire, exaspérée.

— Je sais ce que c'est la peinture. Je ne suis pas sénile. Je ne comprends pas pourquoi *toi*, avec toutes tes machines, toute ta santé, toute ton énergie, tu ne penses qu'à faire des choses mortes.

Je suis en plein soleil, directement devant elle. Je ne peux pas camoufler ma subite montée d'anxiété, qu'elle choisit d'ignorer.

— Si je pouvais me lever de ce fauteuil, je ne prendrais pas la pose pour faire semblant que je ne peux pas bouger. Je partirais. Loin d'ici. Pour aller voir tout ce que je n'ai pas vu. Et je n'ai rien vu. Ton musée de poupées me fait peur. Ça ressemble au musée de cire, en plus vrai. Je veux dire en plus réaliste, comme des animaux empaillés. Oui, c'est à ça que ça me fait penser. Des poupées empaillées. Des poupées mortes. Pour vivre, il faut bouger. Elles pourraient danser, au moins.

Je suis sur le point de lui répliquer que le mouvement, c'est surtout le chaos. Qu'à l'échelle cosmique, plus l'Univers se refroidit, plus le mouvement ralentit et plus l'harmonie émerge. Mais. Avant même que je commence à justifier mon amour pour la fixité de l'image, ma mère éclate de rire. Elle s'amuse. Elle répète que mes poupées pourraient danser.

Et elle rit à pleurer.

Le dosage d'opioïdes est parfait ; la douleur nulle.

Ma mère flotte.

Je n'ai aucune idée de la puissance de son ivresse.

Et je ne peux pas encore comprendre à quel point ce moment-là est précieux. Avoir un point de vue différent, l'émettre. Dialoguer. Argumenter.

Mais je sens que c'est sa manière à elle de bouger, encore un peu. D'être là. En vie. Avec moi.

Son regard cherche le mien. Je ne me défile pas. Elle sait que je pense à sa mort à venir. Je soutiens l'intensité qui brille dans ses yeux. Et peut-être dans les miens, aussi. Nous restons immobiles, malgré le froid qui rougit nos visages.

*

Et puis.
La douleur réapparaît.
Plus forte. Constante.
Pendant son hospitalisation, le cancer croît entre ses organes en décomposition. Chaque jour,

pendant des semaines, on promet à ma mère de la libérer, de la renvoyer à la maison, pour lui permettre de se reposer entre ses traitements. Chaque jour, on reporte au lendemain sa sortie. On lui explique alors qu'il faut d'abord venir à bout de l'infection, qu'il faut assurer son hydratation. Elle voudrait dormir, mais le constant va-et-vient des androïdes et des médecins l'empêche d'être tranquille. Autour d'elle, ça bouge trop vite, ça hurle de douleur, les visiteurs circulent en catastrophe, les alarmes déclenchées par les patients depuis leur chambre se succèdent sans répit, jour et nuit.

Ma mère dit qu'elle a mal. Toujours mal.

Alors on augmente la dose de fentanyl, on y ajoute des comprimés de morphine, on ajuste celle de Pro-Lorazepam. Son corps est en ébullition. Il faut pourtant avaler les pilules, tendre le bras, noter le taux de souffrance, il faut se tenir immobile pour les examens radiologiques ou lorsque les mains des urologues, oncologues, gynécologues s'immiscent entre ses cuisses. Il faut quantifier son urine, se souvenir de ce qu'elle réussit à boire.

Chaque fois que j'entre dans sa chambre et que j'ose observer son visage, j'y perçois toute sa fureur résignée. Elle n'a pas l'énergie nécessaire pour exprimer quoi que ce soit de violent, mais les lignes de sa bouche pincée et la lueur dans son regard révèlent toute l'étendue de son indignation. Les quelques minutes que je passe à ses côtés me semblent d'une densité quasi insoutenable. Ma mère est intensément là, coincée dans son corps, au milieu des bruits d'urgence et de dévastation, immobilisée par les aiguilles enfoncées dans ses bras et son thorax, sans aucune distraction possible. Elle ne cherche même plus à simuler un intérêt quelconque pour quoi que ce soit. Pas même pour la présence des médecins, celle de mon père ou la mienne. Elle refuse obstinément toutes les conversations autour de l'aide à mourir. Elle répète qu'elle n'a pas besoin de se faire assassiner.

Pendant mon enfance, je l'ai vue bien souvent statufiée, lunatique, à la recherche, peut-être, d'un temps perdu. Mais à l'hôpital, elle semble maintenant atemporelle. Elle n'a plus aucun désir de s'avancer dans le futur ; elle dit avoir tout oublié des temps récents. Il ne reste plus que ce présent du corps atrophié qui s'effondre sur lui-même, comme une étoile morte sur le point de se transformer en trou noir.

Elle m'observe arriver avec la même indifférence qu'elle fixe ensuite le plafond.

Un soir, juste après le départ de mon père, elle murmure qu'elle aurait voulu mourir la toute première nuit à l'hôpital ; qu'on aurait dû la laisser s'éteindre dans le brouillard où elle était plongée. Il suffisait de laisser la masse prendre sa place et accepter la marée montante des déchets rénaux pour lui assurer une fin rapide, plongée dans l'inconscience.

Elle murmure : je n'ai pas peur de mourir.

Sa franchise me saisit. Je manque d'air. Je pourrais ouvrir une porte lumineuse, la faire parler de ses meilleurs souvenirs. Lui poser des questions ludiques. Son odeur préférée, la texture qu'elle déteste le plus. C'est peut-être ce qu'il faut faire pour différer de toutes ses forces l'effondrement en cours. N'importe quoi pour adoucir l'instant.

Or, l'imaginer penser à sa propre mort, ici, comme ça, avec autour des bips de machines et des plaintes d'agonie, me refroidit au point où je sens mes mains se glacer. Je n'ai pas l'intention de la relancer, mais mon malaise transparaît.

— Qu'est-ce que j'ai dit pour te choquer ?

Je sens dans sa voix la crainte d'avoir commis un impair, et je m'efforce aussitôt de la rassurer.

— Je ne sais pas comment parler de ces choses-là. Je ne sais même pas comment y penser.

Elle ferme les yeux. Puis elle fait l'effort de les ouvrir à nouveau pour les planter dans les miens.

— Je ne sais pas plus que toi. Je ne sais pas ce qui m'attend. Mais j'espère qu'il n'y a rien. Que c'est vraiment la fin. Parce que je suis tellement fatiguée. Je n'aurais pas la force d'avoir à apprendre à vivre dans un autre monde, comme toi tu fais.

Elle laisse alors émerger sa lassitude, qui tire ses traits vers son oreiller, qui creuse un fossé profond entre ses sourcils. Elle pleure.

Elle répète : je suis tellement fatiguée.

Et, alors que je me suis tenue à distance depuis ma première visite, je m'approche et je prends sa main, juste sa main, dans la mienne.

Puis nous pleurons. En silence.

DE LA DISPARITION

D'une voix brisée, mon père déclare qu'il ne peut pas s'asseoir une journée de plus sur la chaise défoncée, coincée entre la porte du corridor et la tige à soluté, à entendre les gémissements de ma mère qui dort de plus en plus.

J'entends sa résignation.

Puis, il cesse de m'appeler.

Le premier jour, je m'active sur mon tapis de travail, à chercher des paupières supplémentaires pour Anouk. Les siennes, celles attachées à sa tête de *meshes*, sont mal définies pour créer des images les yeux fermés. Je veux réaliser une séance de méditation, avec une expression extatique d'abandon. Une image yoguique qui pourra me servir de rempart au cours de mes déplacements hors de mon appartement. Je veux pouvoir me projeter dans le corps zen de mon double numérique d'un simple coup d'œil. J'imagine une scène de lévitation, à un mètre au-dessus d'une étendue d'eau noire. Avec, derrière, un ciel blanc. La pose de relâchement de la bouche est relativement aisée à exécuter, mais le travail d'édition pour simuler le naturel d'une paupière, avec ses fines ridules, son léger bombement et surtout la texture hydratée reflétant délicatement la lumière, m'apparaît trop fastidieux. Ce jour-là, je fais l'acquisition de dizaines de démos de paupières en jetant un œil à mon historique d'appels; inévitablement, je vais voir s'afficher le numéro de mon père, et cette perspective me garde en état d'alerte continu.

Le lendemain, en milieu de journée, l'anxiété me noue l'estomac. Je déteste entendre la voix de mon père au creux de mon oreille; chaque fois je me contracte, j'anticipe le pire. Mais le silence du moment me semble plus inquiétant encore.

Le troisième jour, même si mon anxiété atteint des sommets, je résiste à l'envie de le contacter. Depuis son appel initial, j'espère cette accalmie, ce retour à la normale, le silence complet de mon atelier.

Je m'invente que ma mère va probablement mieux, que mon père n'a tout simplement pas la décence de m'en informer. Cette perspective me rassure. Je me répète que je vais bientôt me souvenir de cette période de communication comme d'une anomalie, une singularité. Que nous allons redevenir les étrangers que nous avons toujours été, l'un pour l'autre.

Au matin du quatrième jour, je commence à me repasser en boucle notre dernière rencontre. J'ai bien vu la fixité. La renonciation. L'abdication. Peut-être est-il entré en deuil. Peut-être pressent-il déjà la mort de ma mère.

Mais je n'y suis pas du tout.

Depuis notre rencontre initiale à l'hôpital, il semblait gêné de me regarder. Il évitait autant que possible le contact direct. Or, quand il m'a annoncé qu'il ne pouvait pas revenir, il m'a fait face. Il a fixé son regard mouillé de larmes dans le mien. J'ai vu sa détresse. À un point tel que je n'ai éprouvé aucun malaise quand il a posé doucement sa main sur mon épaule. J'ai pris son corps tremblant dans mes bras. Quelques secondes.

Il a murmuré merci.

*

Tandis que je cherche à ajuster de nouvelles paupières sur le visage d'Anouk sans y parvenir, mon père rassemble ses documents d'identification sur la table de la cuisine. Permis de conduire, enveloppe contenant son testament, carte d'assurance sociale, données de son compte bancaire ; et, à côté, une autre enveloppe scellée, plus volumineuse, avec mon nom et mon numéro de contact. Il dépose sur celle-ci une note qui explique en détail son geste et qui stipule qu'il ne veut ni cérémonie ni être coincé dans une urne sur une tablette. Il spécifie qu'il n'y a personne à aviser de sa mort. Ni parents, ni amis, ni collègues.

Personne d'autre que moi.

Puis, une corde, dans son cabanon.
Un appel au 911.

Juste avant de se laisser tomber dans le vide, entre ses pneus d'été et sa tondeuse.

*

Les officiers venus frapper à ma porte pour m'annoncer la mort de mon père me transmettent le contenu de la note. Plutôt que de me la montrer, ils prennent le temps de m'expliquer.

Mon père a eu de très mauvaises nouvelles, quelques mois plus tôt. Un cancer, lui aussi. Avec des métastases. Poumons, os, cerveau.

Il savait sa mort imminente. Avant même l'hospitalisation de ma mère.

Il n'a rien dit. Ni à elle. Ni à moi. Je n'ai rien su de ses souffrances. Ou si peu. J'ai vu son teint blême. Sa sudation excessive. J'ai entendu le sifflement de sa respiration rapide et superficielle. Je l'ai souvent entendu tousser, longtemps, au point de s'étouffer. J'avais remarqué son amaigrissement, aussi. Je me disais que c'était normal, prévisible. Parce qu'il a bu toute sa vie. Parce qu'il était un grand fumeur sédentaire.

Parce qu'il était vieux.

Parce qu'il était coincé lui aussi dans un étau de chair.

*

Entre le moment de l'identification du corps de mon père et l'incinération, je ne bouge pas.

Je reste assise bien droite, muette, pendant tous

les trajets en autonomat, dans les aires d'attente, partout où il faut patienter. Je prends la même pose, peut-être, que devant un appareil photo. Absente, inerte.

Même devant la dépouille de mon père, je reste immobile, presque aussi rigide que lui. Je penche la tête pour signifier que c'est bien lui ; j'écoute une jeune femme que je ne regarde pas m'expliquer la suite des procédures, je signe les formulaires. Un peu plus tard, à quelques rues de là, je prends place dans un bureau étroit, trop rouge, face à un monsieur qui semble centenaire. Je refuse tous les forfaits funéraires et les options qu'il propose. J'explique ce qui est attendu, la récupération du corps à la morgue ; l'incinération. Je signe d'autres formulaires. Il est question de fermeture de dossiers au gouvernement, du certificat de décès. J'ai la nausée.

Je demande si je dois être sur place pour l'incinération ; le centenaire secoue la tête, non, ce n'est pas recommandé. Il m'informe que je pourrai récupérer les cendres de mon père trois jours plus tard.

*

Il faut que j'annonce la nouvelle à ma mère.
Mais je décide que ça peut attendre.
Je préfère penser que le mélange d'opiacés qu'on lui administre la maintient dans une zone intemporelle, qu'il importe peu qu'elle sache aujourd'hui ou demain, qu'elle n'entendra peut-être

même pas l'information tellement le brouillard qui la préserve de la douleur s'épaissit.

Je veux croire qu'elle n'a pas besoin de souffrir davantage.

*

Je retrouve ma propre bulle intemporelle sur ma plateforme à trois mille mètres au-dessus du sol du métavers, où m'attend Anouk, adossée au *green screen* qui sert de fond photographique pour nos séances. Un fond abstrait remplacé par n'importe quel décor en deux clics. Qui me permet de créer tous les environnements sans limitations, sans contraintes.

Ce jour-là, je ne veux rien.

J'installe un éclairage en clair-obscur. Je masque tout le corps d'Anouk en mode alpha, sauf sa main gauche. Que je replie sur elle-même, comme une plante saisie par une subite descente de la température sous le point de congélation. J'effectue un rendu. Puis j'isole ses pieds, nus, en pointes, mais sans tonus, comme si la gravité seule dessinait la relâche des chevilles. Autre rendu. J'isole ensuite sa tête jusqu'à la ligne des épaules, posture à l'envers, bouche ouverte, cheveux pêle-mêle autour. Que des fragments du corps de mon avatar, en noir et blanc, suspendus dans l'obscurité, avec un mince filet de lumière entrant dans le champ de l'image par le coin supérieur gauche.

C'est la première fois que je morcelle ainsi le corps d'Anouk. Je ne sais pas comment dire la mort. Mais je l'évoque, avec des pixels. J'installe le triptyque dans un écrin de velours, large de dix mètres.

Less of Us.

C'est le seul titre qui me vient. Je publie.

Les réactions sont nombreuses. Immédiates. On commente la poésie, la délicatesse de mon éclairage, ma filiation avec le ténébrisme. Je reçois des cœurs et des émoticônes éblouis d'amour. Je me couche avec mon masque, continuant à observer l'accumulation d'étoiles autour de l'œuvre.

Partout sur Terre, à ce moment-là, des êtres de tous les âges, de toutes les affiliations religieuses et politiques, de toutes les classes sociales appuient d'un doigt sur le tout petit symbole universel qui me signifie leur appréciation. Je n'ai pas besoin d'échanger avec eux ni de justifier mon état d'esprit. L'essentiel de ce que j'ai à exprimer se trouve là, dans l'espace collectif, accessible à tous, et des regards anonymes viennent se poser sur mon corps, qui l'est tout autant.

Et chaque étoile ajoutée au firmament d'appréciation vaut toutes les condoléances du monde.

*

Au bout de cinq mille cent soixante-huit étoiles, je me rends au chevet de ma mère.

Je balbutie que je ne sais pas comment lui annoncer quelque chose.

Elle rétorque : il est mort ?

Je prends sa main, sans rien répondre.

Ses yeux, à demi ouverts à mon arrivée, se referment; deux courtes larmes roulent sur ses joues émaciées.

Il voulait être incinéré, murmure-t-elle.

Je sais, je dis. Puis elle poursuit, d'une voix éteinte: je ne veux plus jamais retourner là-bas. Mais lui... C'était très important.

Et elle se tait, les yeux toujours fermés.

*

Le lendemain, je m'avance dans la cour du bungalow où j'ai grandi. Il neige. Il n'y a personne derrière les portes-fenêtres des maisons autour. Pas un écureuil, pas un moineau.

Je suis seule.

J'entends le train siffler, à proximité. Et le bruit d'un moteur qui hurle quelque part au loin.

Je tiens ce qui reste de mon père dans mes mains. Dans un sac de plastique épais, transparent. Les cendres sont plus pâles que celles d'un feu de foyer, plus fines. Comme du sucre en poudre gris. C'est l'image qui me vient. Et il n'y a aucune voix dans ma tête pour me signifier mon impertinence.

Sans avoir préparé quoi que ce soit à dire pour marquer l'instant, sans avoir jamais assisté à une cérémonie funéraire, j'ouvre le sac, et, d'un geste lent, je le vide, au milieu de la cour. Là où une piscine hors terre s'élevait trois décennies plus tôt.

Je me suis demandé, en chemin, si j'avais quoi que ce soit à dire à mon père. Et je n'ai pas trouvé.

Je n'ai jamais trouvé les mots pour répondre à ses insultes et à ses menaces et, même avec ses cendres entre mes mains, j'étais encore assujettie au silence. Je n'ai rien oublié de la violence de notre histoire, mais ce qui était imprimé en moi, la colère, la peur, le ressentiment, a fini par s'atténuer. À force de visionner des drames de guerre, d'horreur, des épopées historiques sanglantes, j'ai peut-être réussi à relativiser ma propre histoire familiale trop humaine.

Mon père se fond aux quelques centimètres de neige accumulée sur son terrain, son coin de planète à lui, où il s'est isolé au point de n'avoir plus personne pour venir honorer sa mémoire.

Il s'installe chez lui pour de bon, sans oraison funèbre ni prière, avec pour sépulture la clôture de bois qu'il a lui-même plantée, son immense buisson de lilas, ses deux pruniers et sa thermopompe.

Et, comme je suis sur le point de repartir, je comprends. Ses appels insistants, à répétition. Les invitations à retourner voir ma mère. Chaque jour. Le transfert d'informations, en continu, malgré mon attitude réticente. Il a tenté de reconstruire le pont entre ma mère et moi. Entre nous tous. Trop tard, peut-être.

Mais il l'a reconstruit.

Alors, du bout des lèvres, je murmure à mon tour merci.

*

Les derniers temps, elle ne dit rien.

Ou presque.

Elle parle à son père. Ou à sa grand-mère. Certaines infirmières, à la voix presque aussi douce que celle des androïdes, m'assurent que ce délire est fréquent ; d'autres me chuchotent que les morts reviennent vraiment chercher leurs proches.

Parfois, ma mère s'adresse à moi et me répète qu'elle ne veut plus jamais y retourner.

Je sais qu'elle me parle de notre maison.

Je l'assure que nous n'y retournerons pas.

Elle dit qu'elle a chaud. Je mouille son visage et son cou avec un linge humide. Et ses mains, et ses pieds et ses mollets. Mais je n'ose pas m'approcher de son ventre. J'ai cette pudeur, et une forme d'effroi, à la vision du corps nu de ma mère. Je pourrais peut-être l'observer en image, avec un éclairage travaillé et un lent travelling sur son corps, même en mode macro, à quelques centimètres de sa peau. Je sais tout regarder à travers le grain photographique et le motif du pixel, des images de charniers aux assassinats en ligne, mais cette confrontation à froid avec le corps de ma mère, sous un éclairage cru, avec mes propres yeux, je ne peux pas. Je ne sais pas bien la toucher, non plus. Je suis effrayée par la texture molle de sa peau, trop douce, sans tonus. Semblable à celle d'un blanc d'œuf à moitié cuit, ni liquide ni solide. Sa chair semble sur le point de se défaire. Et de glisser, lentement, sous son corps.

Les derniers jours, je ne dors presque pas, je n'ai pas faim. Je me rends à l'hôpital ; j'en reviens ; j'y retourne.

J'attends.

En sculptant à l'infini la courbe des paupières supplémentaires d'Anouk, qui me semblent toujours trop crispées et dont j'imagine la ligne fluide, détendue. Je n'ai pas la concentration nécessaire pour réaliser une image complète.

*

Et puis vient l'appel, autour de minuit. On me dit que tout s'accélère. Que le déversement a commencé. Que tout ce qui se décomposait dans le ventre de ma mère surgit. Infection, sang séché, déchets organiques, une coulée par-delà la masse du cancer qui déborde elle aussi hors du corps. Quelques minutes avant mon arrivée, elle hurle :

J'ai mal. J'ai peur.

Et puis, plus rien.

Je pose une main sur son front, l'autre sur la sienne. Et je commence à lui murmurer à l'oreille.

Laisse aller, maman.

*

Nous sommes isolées.

Sans télévision, sans personne entre nous. Je suis à quelques centimètres d'elle, de son visage tourné vers moi. Je réalise que je n'ai pas vu les yeux de ma mère depuis plusieurs jours. Que mon obsession pour les paupières de mon avatar a commencé à se cristalliser quand celles de ma mère se sont alourdies jusqu'à occulter son regard.

J'observe ses paupières closes avec l'espoir qu'elles s'ouvrent encore une fois. Qu'elle me voie ; que nous soyons ensemble, conscientes de la présence de l'autre. Ses paupières qui me semblent parfaites, d'une complexité raffinée. Un motif de dentelle, une texture satinée.

J'ai lu sur l'agonie. Sur ses bruits. Sur l'étrange ronflement, qui s'achève à chaque expiration en un gémissement, court, aigu. Sur le bruit de la gorge qui s'emplit de salive, sans plus savoir l'avaler.

J'entends ma mère mourir. Je n'ai pas peur.

Je glisse dans sa bouche et sur ses lèvres un long coton-tige enduit d'un gel frais. Je mouille son visage. Sur son front, des aspérités retiennent les caresses de mes doigts. Sa peau est tiède.

Et je poursuis cette litanie qui me traverse, au même rythme que sa respiration. Une seule phrase :

Je suis là, maman.

Et chaque fois que je la répète, je perds la voix. Je ne peux rien changer à notre histoire. À mon éloignement. À notre manière de nous absenter, l'une à côté de l'autre, depuis toujours. Et j'ai bien compris, depuis son hospitalisation, qu'il aurait suffi qu'elle m'appelle pour que j'accoure, malgré mes résolutions. J'ai réussi à m'éloigner seulement parce qu'elle a consenti à me laisser fuir. Et je vais maintenant l'aider à se libérer, elle aussi.

Tu peux, maman. Laisse aller. Lâche prise. Tu peux partir.

Je suis là.

Au fil de la nuit, les bruits de l'agonie deviennent rythmiques. Chaque ronflement expire une texture rugueuse, profonde, caverneuse. Sa bouche tente de s'ouvrir en entier, comme si ma mère cherchait à en sortir. Chaque respiration ressemble à un effort de libération.

Son visage se transforme, se déforme. Sa bouche ne se referme plus, distendue dans une expression d'abandon. Plus elle s'éteint, plus ses traits disparaissent.

À l'aube, son visage ressemble à un masque générique. Comme celui, embryonnaire, du nouveau-né. Un être dont on ne sait rien, qui ne révèle rien de sa personnalité, qu'un visage encore fripé par son passage au monde, les traits quasi informes. Une présence vierge d'identité à la naissance, puis purifiée de tout ce qui définissait son caractère à la fin.

Aux derniers moments, sa pose ultime dans l'espace du monde se précise. Elle est allongée sur le dos, le haut du corps à peine incliné vers l'avant, la tête qui cherche à dégager la gorge d'un mouvement hypnotique vers l'arrière, la main droite recourbée sur le bord du matelas, la gauche détendue sur la couverture près du corps, les jambes inertes, parallèles, le bout des pieds, relâché. Le seul mouvement semble être celui du soulèvement des poumons, qui s'achève par une tentative d'exhaler. L'élan subsiste, comme une marée de l'être, qui poursuit avec toute la vigueur encore disponible le jeu des vagues contre la rive du corps.

Puis, elle ouvre les yeux.

DE L'ÉTERNEL RETOUR

Je ne sais pas à quel moment j'ai décidé de lui faire une place ici, dans mon intimité.

Il y a eu des bribes de discussions, alors que nous étions tous les trois ensemble à l'hôpital. Mon père tentait de faire comprendre à ma mère que l'aide à mourir n'était pas un assassinat, que c'était une manière de partir avec dignité. Et ma mère répliquait que c'était une autre histoire, comme la chimiothérapie, qui n'avait pas fait fondre son cancer du tout et qui l'avait peut-être même empiré ; qu'il y avait forcément une arnaque dans tout ça. Elle concluait qu'elle avait tout enduré dans sa vie, qu'elle allait pouvoir passer à travers tout ce que le ciel lui imposait. Mon père lui répondait qu'elle n'était même pas croyante, que le ciel n'avait rien à voir là-dedans. Ma mère revenait alors à la charge avec sa sortie astrale. Elle disait je te jure que j'ai volé hors de mon corps. Que c'est ce que je vais faire tout de suite en mourant. J'avais tellement mal juste avant l'opération que ça explique pourquoi je me suis retrouvée au plafond. C'est peut-être ça, la vraie mort. Endurer toutes les souffrances du monde jusqu'à ce que ça devienne impossible de rester coincé plus longtemps. Avec leur cocktail de poison, ils tuent peut-être l'âme aussi. Je ne veux pas prendre le risque. Mon père me jetait un regard ahuri. Il disait : elle délire. Elle répondait : peut-être, mais c'est mon choix.

Puis elle s'intéressait avec un émerveillement étrange aux quelques mésanges qui venaient s'installer sur le bord de la fenêtre de sa chambre, située au troisième étage de l'hôpital.

Et je me faisais la réflexion qu'elle n'avait jamais connu les hauteurs, que la perspective de son bungalow de plain-pied avait toujours été celle d'un horizon saturé par les autres bungalows similaires autour.

Je m'en suis voulu de ne pas l'avoir invitée chez moi, là où il n'y a plus que le ciel comme horizon.

*

Après, il y a eu ce moment où j'ai été profondément contrariée.

Ma mère venait d'ouvrir les yeux, après toute une nuit d'agonie. Son regard était plus fixe que celui de mon avatar quand je désactive le battement de ses paupières pour faire une image.

Le regard d'Anouk semble toujours lumineux. Peut-être parce que la texture qui compose ses yeux a été créée à partir d'iris d'êtres vivants. Que la preuve de cette vie s'y trouve, peu importe l'altération des couleurs et l'ajout de contraste.

L'ultime regard de ma mère m'a glacée. Les yeux de mon père étaient fermés au moment de l'identification à la morgue. Il semblait dormir. Je l'ai reconnu de loin, je me suis approchée sans conviction ; en état de choc, je présume. Tout me semblait imprécis. Comme si mon œil avait opté naturellement pour un filtre adoucissant avec un effet de flou appuyé. Je serais incapable de décrire en détail l'état de la dépouille de mon père. Je me souviens du drap, très blanc. D'un reflet de lumière sur son front. De la finesse de ses cheveux. De sa bouche détendue.

Celle de ma mère était grande ouverte.

Je voyais la mousse et la salive brillante autour de sa langue. Mais son regard, lui, était vide. Complètement vide. Ma mère n'y était plus. Je me répétais que c'était ça, la mort. La disparition.

Quelque chose clochait.

L'ossature qui la portait depuis sept décennies se trouvait encore là ; la mince couche d'épiderme distendue sur son visage était la même qu'une heure auparavant. J'aurais dû sentir ma mère à travers ses sourcils ou la forme de son menton. Mais j'avais devant moi une image de chair, parfaitement fixe, qui n'avait pas plus de présence que l'oreiller qui bordait le visage. Ce corps n'était plus ma mère. Ses yeux n'étaient que des globes vitreux qui reflétaient la lumière du matin. J'avais entendu des histoires de peur autour de la mort, du malaise ressenti, de l'effroi ; même du dégoût.

Or, j'avais l'impression d'être complètement seule dans la chambre. Je me suis éloignée du lit, j'ai fait face au mur pendant quelques instants. J'ai pensé que j'allais ressentir le pincement au ventre m'annonçant une présence qui m'observe dans mon dos. Rien.

J'étais vraiment seule. Et tout ce qui subsistait de ma mère, cette sculpture allongée sous un drap tiré sur son buste, la tête tendue vers l'arrière formant un arc sur l'oreiller, la bouche trop grande ouverte, les quelques cheveux épars qui avaient résisté à la chimiothérapie, le teint bleu grisâtre, et surtout ce regard creux, tout ça ne pouvait pas être sa dernière scène.

*

J'étais contrariée à un point tel que j'ai décidé d'assister à l'incinération. Je me disais que le décorum autour du four crématoire, la boîte dans laquelle ma mère allait partir en fumée, peut-être simplement le lieu, un salon funéraire à la décoration contemporaine feutrée, allait forcément rectifier la fausse note du départ de ma mère.

Et j'ai pu la voir, du torse à la tête, allongée dans la boîte ouverte installée à trois mètres de la porte-fenêtre où je me tenais. J'ai pu remarquer son sourire, une ligne droite au milieu de la bouche qui remontait subitement aux commissures, semblable à la cicatrice du Joker dans *Batman*. Sa bouche était maintenant fermée. J'ai pensé que quelqu'un avait probablement forcé sa mâchoire pour la rendre présentable dans la boîte. Et j'ai été davantage contrariée encore.

Mais ce n'était pas le moment.

La porte du four s'ouvrait.

Le technicien, un homme maigre sans âge avec des gants de travail, a installé la boîte sur le rail et, sans me regarder, sans me demander si j'étais prête, il a laissé partir ma mère.

J'ai vu la rougeur du four. J'avais lu sur sa température. Huit cent cinquante degrés Celsius. Je savais que le processus allait durer un peu plus d'une heure. Je suis retournée dans la salle d'attente. En répétant mentalement, à un rythme frénétique :

Je suis là, maman.

Une heure après, alors que j'étais probablement dans un état cathartique sans plus rien entendre du monde depuis que je m'étais installée sur le siège, j'ai remarqué que le salon diffusait de la musique. Une station de radio populaire rétro. Au moment où j'ai pris conscience de l'environnement sonore, j'ai perçu quelque chose qui m'a semblé juste. Très juste. Un chœur fredonnait quelque chose d'inaudible, puis j'ai entendu *Ah hey ma ma ma* avec une ferveur magnifique. J'ai entendu *ma ma* comme une incantation à ma mère, et mon rythme cardiaque s'est subitement accéléré. En portant attention, j'ai capté un seul bout de phrase : *life in a northern town*. Oui, ç'aurait pu être le titre de la biographie de ma mère. Une vie dans une ville nordique. Et l'envolée du refrain semblait accompagner la montée de la fumée dans ce que j'imaginais être une cheminée sans fin.

Ah hey ma ma ma.

Cette chanson de The Dream Academy, comme une musique de générique.

Mais le lieu, lui, avec ses allures de bureau de comptable, ne convenait pas à son épilogue.

Avant de mourir, mon père avait rassemblé des documents oubliés dans le coffre en cèdre installé au bout de leur lit depuis un demi-siècle. Il avait trouvé une vieille enveloppe de papier bulle, avait tout jeté pêle-mêle dedans, avec une plus petite enveloppe sur le dessus de la pile, qui m'était adressée, et que j'ai mise de côté en ouvrant le colis, incapable de lire quoi que ce soit qui venait de lui.

Sous la petite enveloppe se trouvaient mes bulletins scolaires, mon bracelet d'identification de la pouponnière, des médailles, toutes de bronze, remportées pendant les olympiades en quatrième année du primaire.

Et il y avait des dessins.

Les miens.

Une trentaine. Ils étaient tous semblables. En plein centre de chaque feuille, avec des étoiles autour, griffonné à la craie de cire ou aux crayons de couleur, j'avais répété un motif de poupées difformes, rouges et roses, mais dont les lèvres étaient parfaitement dessinées. Une bouche ronde, en forme de cœur. Dans le coin inférieur gauche de chaque image, j'avais écrit mon nom, en lettres détachées, et mon âge, cinq ans.

Sous mes dessins se trouvait un carton crème, richement embossé. C'était un cadre à photo, replié sur lui-même. Qui protégeait un portrait de ma mère, le jour de son mariage. En voyant son visage de jeune mariée, j'ai eu le souffle coupé.

Elle était rayonnante. Le regard clair, une puissance tranquille dans son port de tête. Tout son être exprimait un ravissement inédit.

J'ai observé son expression pendant de longues minutes, sidérée.

À prendre conscience du visage de ma mère.

Elle avait une bouche en cœur. La même que je venais de redécouvrir, dans mes dessins. Identique à celle d'Olivia.

Tout ce que j'aime de la composition photographique se trouve là, dans ce portrait, en noir et blanc. Le cadrage qui met en lumière le visage sous son angle le plus harmonieux. La grâce de la posture, avec la main de ma mère, à peine repliée sur elle-même à la hauteur de sa poitrine. La courbe du cou au bout duquel la tête, légèrement penchée, laisse couler un rayon de soleil jusqu'à son oreille, derrière laquelle une mèche de cheveux d'un noir brillant glisse jusqu'à son épaule.

Je n'avais aucun souvenir de ce visage.

J'avais en mémoire celui marqué par la tristesse, par l'angoisse, la fatigue, la déception. Du plus loin que je me souvienne, quand je levais les yeux vers elle, c'est sa souffrance, surtout, que je percevais. Et que j'éprouvais aussitôt.

Les autres photographies étaient toutes reliées au mariage et retraçaient le fil du jour. Ma mère avançant dans l'allée de l'église, sous son voile. Mes parents, leurs témoins et le curé, pendant la cérémonie. Des portraits de groupe sur le perron en sortant de l'église ; leur arrivée à la réception, les coupes de champagne levées par toute l'assemblée. Ma mère qui enfonce le couteau dans l'immense gâteau, avec, collé dans son dos, la tête au-dessus de son épaule, mon père, d'une élégance que je n'aurais jamais pu soupçonner. Ils sourient avec le même amusement. Ils sont émus. La même émotion qui va les unir un peu plus tard cette nuit-là pour ma conception, peut-être.

Un instant de pur bonheur, survenu un demi-siècle plus tôt, fixé sur papier par des sels argentiques. J'étais encore sidérée, peut-être plus encore. Suffisamment pour céder à la curiosité et ignorer la crainte que j'avais d'ouvrir la petite enveloppe qui m'était adressée.

Une feuille blanche, pliée, protégeait une photographie. Sur la feuille, quelques mots de mon père :
Je n'ai jamais été un bon photographe, mais...

J'ai senti ma gorge se serrer. J'aurais aimé, à ce moment-là, revoir quelques-uns de nos effroyables souvenirs de famille où nous étions tous si flous. J'aurais peut-être pu en rire et même m'en émouvoir, qui sait.

Dans le pli de la feuille, une minuscule photographie carrée, avec une bordure blanche, révélait une image nette, à l'éclairage doux. Au cadrage balancé. Une photographie en couleurs. Avec des teintes de crème, de rose, d'ocre. C'était une des premières scènes de ma vie. J'étais dans les bras de ma mère; j'avais quelques jours. Moi, minuscule contre son épaule, collée sur sa peau satinée. Moi, les yeux grands ouverts sur le premier visage de femme que j'ai connu. Sur ma première expérience de la beauté humaine.

Ma mère souriait. Un vrai sourire lumineux.

Pendant toutes ces années à étudier le sublime féminin, puis à tenter de lui donner à mon tour un visage, sans le savoir, sans en avoir le moindre soupçon, c'est probablement le sien que je cherchais.

Son visage initial.

Le premier que j'ai rencontré en venant au monde. Et que je n'ai jamais pu retrouver.

Au dos de la photographie, mon père avait ajouté :

Ma plus belle photo
Papa

Alors j'ai su.

Ma mère détestait l'informatique. Elle n'a jamais eu d'ordinateur, ne s'est jamais intéressée à quoi que ce soit qui s'en approchait. J'ai senti que je ne pouvais pas l'intégrer dans mon monde, créer un avatar ou un *bot* pour lui faire une place là où je passe le plus clair de mon temps.

Il fallait que je lui ouvre la porte de chez moi, là où le corps qu'elle a formé dans le sien se trouve. Dans la matière du vivant. À quelques rues de l'endroit où elle a elle-même surgi dans le ventre de sa propre mère, et celle-ci dans celui de mon arrière-grand-mère, la toute première de notre lignée à avoir traversé l'océan avec l'espoir d'y trouver un nouveau monde. Peut-être avec la même excitation que moi, au moment de ma renaissance virtuelle.

J'ai donc utilisé tout ce que je sais faire, tout mon amour de l'image, pour créer celle de ma mère. J'ai synthétisé les sourires de son mariage avec celui qu'elle m'avait offert peu après ma naissance. J'ai recomposé la pose très racée, droite, élégante qu'elle avait au moment de prononcer ses vœux à l'église. Et j'ai réalisé ma première séquence animée. Avec ma mère qui observe calmement autour d'elle, en souriant ; qui fixe ensuite d'un regard serein un point imaginaire, droit devant, pour une longue séance de méditation, avant que la boucle d'animation recommence.

J'y étais.

Je savais que j'allais l'installer face à la fenêtre, pour lui permettre d'observer ce qui se trouve par-delà. Ma mère, en hologramme, montant depuis le piédestal de son urne, que j'ai choisie ronde et noire, comme si c'était sa propre bouteille de génie.

Puis, j'ai eu une nouvelle idée, pour exaucer un de ses souhaits.

Je me suis dit que je pouvais lui permettre de se transformer, elle aussi. En oiseau. Et simuler son envol depuis mon atelier. Répéter cette boucle chaque jour. Voir ma mère prendre la forme d'une chouette rayée, disparaître à l'horizon, aller explorer le monde qu'elle a trop peu connu, puis revenir quelques heures plus tard et reprendre sa forme humaine.

Le projet est devenu encore plus complexe, hier soir.

Il faut qu'elle puisse raconter à quelqu'un ce qu'elle vient de découvrir. Je suis la meilleure oreille pour écouter une bonne histoire ; je l'ai toujours été.

Je vais donc créer mon propre hologramme aujourd'hui. J'avais besoin de réfléchir au visage que je devrais porter aux côtés de ma mère. La réponse s'est imposée : je suis le palimpseste de toutes mes images. Alors, je vais créer un enchaînement à rythme régulier, avec tous mes visages, en boucle. Peut-être à la manière d'un battement de cœur. Je vais installer mon hologramme dans l'angle du sourire de ma mère, en tailleur, comme à l'époque de mon enfance passée devant la télévision. Mais plutôt que d'observer un écran, c'est elle que je vais contempler, avec un regard hypnotique et fasciné.

Et je vais ajouter un détail, aussi.

Dans la main de ma mère.

Une photographie. Celle de son mariage où elle semble en parfaite harmonie avec mon père.

Ce sera mon autoportrait de famille.

DE L'IMAGE

Il y a longtemps que mes pires cauchemars m'annoncent que je vais disparaître dans une catastrophe nucléaire. Une vraie, qui anéantit toute l'histoire du vivant sur la planète.

Or, cette nuit, je me suis demandé ce qu'il adviendrait de mon hologramme, dont la pile me promet une durée de vie de plus d'un siècle, si Montréal se transformait d'ici là en ville fantôme, comme Pripyat, près de Tchernobyl.

Dans le détail du phantasme postapocalyptique que je visualisais, avec le ciel ocre, les rues désertes, les véhicules rouillés ensevelis de poussière et le grand silence émergeant des ruines, j'ai vu un œil, porté par une sonde spatiale venue de l'autre bout de l'Univers. Un œil grand ouvert, qui survolait les restes de notre civilisation et s'avançait vers ma tour d'habitation ; intrigué par un mouvement de lumière, au vingt-septième étage, là où s'anime mon autoportrait de famille. Il découvrait le visage radieux de ma mère, et le mien, en mutation constante. Il filmait le tout avec une définition encore inconcevable. J'imaginais la curiosité d'une civilisation située à des milliards d'années-lumière d'ici, démêlant les innombrables artefacts trouvés sur Terre et se questionnant sur la signification de mon hologramme, tentant de déterminer s'il s'agissait d'un panneau publicitaire, d'un jeu, d'une œuvre d'art, d'un autel religieux, ou d'un mélange de tout ça à la fois.

Pour la première fois depuis des semaines, j'ai réussi à me détendre un peu.

Cette intrigue intersidérale me semblait grandiose.

J'avais trouvé l'épilogue pour ma mère.

Avant de m'endormir, je pense l'avoir entendue chuchoter à mon oreille que, mieux encore, dans cette lointaine galaxie, très lointaine, nous rejoindrons les Éternelles.

Ensemble.

REMERCIEMENTS

À Antoine Tanguay, pour l'élan, la confiance, les échanges ludiques, l'accompagnement sensible et les intuitions fulgurantes. À toute l'équipe d'Alto, pour l'impeccable chorégraphie éditoriale.

À mon père, pour le partage de souvenirs effroyables. Et pour son amour décomplexé des jeux vidéo.

À Alex, pour les longues marches la nuit, l'oreille attentive et les meilleurs *grilled cheese* du monde.

À Yannick, mon phare, mon ancre, qui m'accompagne depuis toujours dans tous mes projets, qui sont aussi les siens.

À ma mère, qui a posé sa main invisible sur mon épaule.

De la réalité	13
De la stupeur	31
De l'espace-temps	59
De l'immortalité	93
De la substitution	123
De synthèse	157
De la disparition	199
De l'éternel retour	215
De l'image	231
Remerciements	235

DE LA MÊME AUTEURE

Aux Éditions Alto

SOUS BÉTON (Folio Science-Fiction n° 602)
VARIATIONS ENDOGÈNES
ATARAXIE
DE SYNTHÈSE (Folio Science-Fiction n° 651)

Aux Éditions è®e (et Leméac)

LA MUE DE L'HERMAPHRODITE

Aux Éditions Maelström

(L'INDIVIDUALISTE)

Aux Éditions Leméac

L'ITINÉRANTE QUI VENAIT DU NORD

Composition : IGS-CP à L'Isle-d'Espagnac (16)
Achevé d'imprimer par Novoprint
le 16 janvier 2020
Dépôt légal : janvier 2020

ISBN : 978-2-07-287067-5/Imprimé en Espagne

359609